PISTOLEN

Pistolen

En osannolik historia

Kaj Bernhard Genell

2018.

Förlag: BoD – Books on Demand, Stockholm, Sverige
Tryck: BoD – Books on Demand, Norderstedt, Tyskland

ISBN: 978-91-7699-762-8

KAPITEL ETT.

I vilket vi möter Robert, vår hjälte, som visar sig vara en nervös ung man, ångestfyllt funderande över om det, som han just åstadkommit, om vilket vi inte just nu får veta mycket alls, vart värt priset.

Det var en vårförmiddag i april. Robert tog fram pistolen, en Colt, modell *1903 Pocket Hammerless*, och låtsades sikta mot något bredvid soffan. Ansiktet var spänt och svetten rann i pannan. Kläderna var skrynkliga och skjortan oknäppt. Så stod han, siktade och siktade, medan regnet utanför ömsom tilltog i styrka, ömsom avtog och smattrade mot treglasfönstren. På spisen i köket kokade kaffevattnet brusande, och den gamla pendylen på väggen, i den med avseende på stil helt disparat möblerade lilla lägenheten, slog elva slag. Från trapphuset hördes också ljud. Från småbarn som åkte utmed ledstängerna. Det skångrade och sjöng i huskroppen i en obestämd, lätt skiftande, tonart. Den unge mannen, Robert, kikade försiktigt ut genom persiennen upp mot den grå skyn, fortfarande med pistolen i handen. Vecken vid hans näsrot ömsom djupnade och slätades ut. Han log glädjelöst, närmast liksom grimaserade och kliade sig sen irriterat på halsen. Regnet reducerades efter en stund. Detta år var det en mycket tvekande vår – efter en kall vinter.

Så lade han ifrån sig pistolen på soffbordet, bredvid ett halvfullt glas *Red Port*, och steg, smällande med lågskorna i parketten, in i det minimala köket, för att göra i ordning snabbkaffet, när plötsligt ett svagt ljud från ytterdörren nådde hans öra, genom alla de övriga ljuden, och fick honom att stanna upp, blick still.

Efter att ha stängt av plattan på induktionshällen och skjutit kastrullen till en sval del av spisens svartglänsande yta, återvände han till soffbordet, tittade på den olycksaliga pistolen, och suckade. Efter att ha släckt ner i rummet, gick han tyst fram mot ytterdörren, från vilken nu inget alls hördes längre. Men då, på hallmattan, kunde i halvmörkret något pappersliknande i A5-format skönjas. När ögonen vant sig lite vid mörkret – det var alltid så där på våren för Robert, att ögonen blev både svaga och superkänsliga - såg han att det var en broschyr från Jehovas vittnen. Han svor till, gudlöst kan man tänka. ”Det var ju själva fan!” mumlade han med sin djupa röst. Han var mager, men hade ändå en djup röst. Sen plockade han upp broschyren och tände i hallen.

Allting var nu åter exakt som vanligt. Förmiddagslugnt. Medan han släntrade in i vardagsrummet igen,

2

andades ut och tände ljuset där också, genom att lätt smälla till den fyrkantiga vita knappen på väggen. Lite slött betraktade han sedan broschyren, vars omslag pryddes av en anemisk akvarell föreställande ett ungt par, som leende höll varandra i händerna mot en bakgrund av en idyllisk småstad, framhävd av blånande berg och religiöst kritvita bulliga moln. Molnen var accentuerade med tjocka konturer, och då flög det genom hans huvud oklara tankar som manade honom till försiktighet, samt tankar som handlade om att han egentligen inte visste vad han skulle ta sig till.

Han tog ett släpande steg; hans kropp syntes lite framåtböjd när han rörde sig, och han haltade lite, båda egenheter hos honom och satte sig i den låga soffan, lyfte portvinsglaset och glömde nu plötsligt bort att han skulle ha, eller ville ha, kaffe. Tankarna på hur miserabelt hans liv blivit snurrade i hans huvud, och alltihop var Livias och ... den där pistolens fel! Och givetvis alldeles hans eget. Alltså: Livias, pistolens och hans.

Att han haltade något hade förresten att göra med, att han en gång hade haft en hjärntumör. Men det var länge sen. Nu tänkte han inte på sådant. Han var kroppsligt frisk sedan länge. Att han förr känt sig udda, det var något passé. Stort sett.

Robert var en intelligent man, runt tjugofem. Han hade ett smalt ansikte med mycket regelbundna drag, men inte så regelbundna att det såg löjligt ut. Ögonen, som var stora och satt ganska tätt, hade vanligen ett mörkt, intensivt uttryck, och han talade ibland med en något egendomlig betoning, vilket var så distraherande för omgivningen, att han bara därför ofta kunde komma undan med påståenden om saker och ting, som ibland var något logiskt förvirrade, eller saknade empirisk grund. Rena fantasier alltså. Den konstiga betoningen, som var som ett talfel, gjorde alltså att man ofrivilligt alltid lyssnade på allt vad han sa. Ofta helt i onödan, alltså. Ty han var inte särskilt bildad eller intelligent. Det han sa var nästan aldrig särskilt intressant. Och som tur var, så var han inte alls patologiskt pratsam, men yttrade sig mer sporadiskt. Han var emellertid lätt att tycka om, så som det är med vissa människor. Men han drog sig ofta undan umgänge, i kraft av att han upplevde något problem som han tyckte att han måste lösa ensam, först. Innan han blev social. Som han tänkte bli i framtiden. Vanligtvis rörde sig dessa hans problem helt om missuppfattningar, eller rena vanföreställningar. Inbillningar om allt från smått till stort. Så tillhörde Robert den stora skara människor som binder ris åt egen rygg, till ingen nytta eller glädje för någon alls.

Han lät sig själv långsamt trilla bakåt mot soffans tygrygg och lutade huvudet mot den runda fettfläcken på väggen bakom, krökte i och med detta halsen, så att han lätt kunde snegla upp inunder ramen på den gamla oljemålning, som, i tung så kallad "guldram", hängde över soffan sedan åratal tillbaka. Tavlan var ett arv från farbror Kurt och tant Inga. Men ursprungligen

hade tavlan inhandlats av hans egen farfar, Sven. Det
där var en krånglig historia, som Robert aldrig numera
grunnade över. Han gillade dock den digra antikvite-
ten.

Tavlan var stor, den var tung, och den förevisade,
mycket professionellt, ett skeppsbrott med ett
fyrmastat barkskepp i järn, utsatt för dåligt väder, ja
storm, vid Dovers bankar och stränder. De stora bark-
skeppen från slutet av 1800-talet hade brukat vara av
järn. Barken stod nu hårt på grund och visade, snett
vänd mot åskådaren, med bogsprötet vridet nästan rakt
mot denne, upp en slagsida på c:a 45 grader, samt en
totalt söndersliten rigg. Endast tåtar - stag rev och fall
och sådant - och segeltrasor hängde från rårna i skarp
relief mot en blygrå himmel, vilken någonstans lite
obestämt hade inslag av grönt. Här och där över him-
len flög ett litet svart moln, nästan pittoreskt. Hans
farfar, som hade varit sjökapten, och hade varit runt
hela jorden till sjöss, flera varv dessutom, hade alltid
gillat tavlan, och ofta småleende påpekat att "skutan
satt helt rätt", där den satt i sandstråket vid stark ebb
nedanför Dovers världsberömda höga kritklippor.
Med detta hade hans farfar givetvis menat, att barken
hade en av konstnären riktigt återgiven position, med
tanke på vad den råkat ut för. Tavlan hade inget namn,
och inte skeppet heller. Konstnärens signatur, som var
anbragt med beige oljefärg, var oläslig och hade inte
heller kunnat spåras, såvitt Robert visste, av någon i
de familjer som ägt den. Men tavlan var mycket skick-

ligt målad, av en yrkesman helt säkert. Tyvärr hade den vissa skador, och den hade på sina ställen restaurerats fult, av en amatör eller kanske till och med ett barn, så att hela sjok med nyare färg, i fel nyans och utan lyster, utan spår av täckande linolja, vanprydde tavlan, som leverfläckar på ett vackert ansikte. När Robert för några år sen vid inflyttningen hade hängt upp tavlan hade han drivit in ett halvdussin sjutumsspik långt in i putsmellanväggen och sen dragit mängder av papperssnören genom mässingshålen på tavlans baksida, knutit käringknopar och råbandsknopar i massor över varann, och så anbragt tavlan prydligt på väggen, på lagom höjd. Han hade då givetvis sett till att överdelen på tavlan hamnade i linje med överdelarna på andra tavlor i rummet, så att allt skulle kännas tryggt och lugnt i den lilla enrummaren. Robert var allmänbildad och kände till saker. Hur det skulle vara. De övriga tavlorna hos Robert var främst oljor även de, många föreställande fiskelägen i Bohuslän, andra var planscher med ödsliga skräcklandskap. Dessa var alla enkla tavlor, som stod bjärt ut i sin tarvlighet mot den större tavlan, som hade en kontinental, eller snarare klassisk engelsk romantisk air över sig. Det var som om den var målad av en av "de stora målarmästarna", som hans mor, Thea, skulle sagt. Hon hade brukat tala endast ironiskt, när hon alls talat, den olyckliga människan. Det var således, tänkte han - reflekterande över tavlans tyngd och sjutumsspikarna - osannolikt att den skulle rasa ner, särskilt just precis nu och knäcka hans näsben, tänkte han. Så skedde, givetvis, heller inte. Livet är, som redan antikens Aristoteles framhöll, en skola i sannolikhet, och sannolikheten för att en tavla skall trilla ner samtidigt som man fruktar att den skall göra det, är liten.

Istället för att tänka på sannolikheter fick Robert på ett livligt sätt plötsligt för sig, att han just hade missat en detalj i något som nyss skett. Man kan ibland få en sådan känsla, ju. Som från ingenstans. Dusten över detta bortglömda eller förbisedda kom den ganska höga pannan under det mörka, smålockiga håret att återigen skrynklas ihop, och några av hårtestarna som hängde över den visste inte var de skulle ta vägen, men trevade osäkert ut i rymden och skymde hans blick, som nu for från uppåt tavelkanten ut över det grönaktiga taket som om den letade efter något osynligt, som alltså alls inte befann sig i taket, men mer inne i ögonens glaskroppar. Ja, hela den unge mannens uttryck präglades av denna egendomliga, det egna sinnets väntan på att komma ikapp sig självt, för att sen för honom presentera det objekt, som ouppmärksamheten eller vanan hade fått detta sinne att för en kort stund dölja för hans medvetande, av en för honom helt okänd anledning. Vad var det i denna situation som inte stämde?

Likt av egen kraft, som i hypnos, lyfte sig nu vänsterarmen och snart stirrade den unge Robert på foldern han nyss fått, medan en tanke, klar som heligt vatten, steg upp och formades i hans huvud. Den löd:

"Jehovas vittnen ringer alltid på. Dom vill alltid prata. Övertyga! Om sin tokiga sak. Dom lägger inte bara en folder i brevlådan för att sen tyst slinka iväg!"

Snabbt som ögat var han nu ute i hallen igen, försedd med pistolen, som alltid var säkrad, Gud nåde annars! - men helt visst troligen laddad - och han lade örat mot dörrspegelns ljusa teakyta och lyssnade. Inte ett ljud! Möjligen ett ljud från tvättstugan. Troligen att en maskin torktumlade i källaren fyra trappor ner. Maskinen lät i några sekunder, stannade, startade sen åter åt andra hållet med ett liknande, men inte exakt samma, surrande, tjostande och gurglande ljud, och så pågick det, cykliskt. Det lät faktiskt så i trappuppgången halva dan.

Dörren var ganska tjock. Han betalde ju extra på hyran sedan något år för att ha denna, en nyare, mer ljudisolerande, dörr. Klockan var 11.14, det såg han på sitt armbandsur, som han lite omodernt, ännu bar. Smartphonen, en *Galaxy S5*, låg i köket, på bänken invid den öppnade runda bruna snabbkaffeburken. En blå, rak, modern kaffekopp utan dekor och utan innehåll stod nydiskad och sken i förmiddagsljuset bredvid burken.

Robert tänkte, att det nu ändå inte kunde vara någon omedelbar fara att öppna dörren och titta efter. Om någon hade velat hoppa på honom hade de ju knappast annonserat sin närvaro med ett kristet blad. Om man ville överfalla någon, så var det givetvis bäst att bara överrumpla. Alltså tog han ett fast grepp om dörrhandtaget, öppnade dörren, som gick utåt, som ytterdörrar brukar, med ett ryck, och spanade snabbt omkring i trapphuset. Detta var upplyst hela dygnet. Han hade själv ringt och klagat hos bostadsbolaget och sett till, att det skulle vara upplyst. Han hade nästan varit hotfull och sagt, att om han nu skulle betala extra sjuttio kronor i månaden bara för en ny dörr, så skulle dom *ta mig fan* stå för kostnaden att lysa upp trapphuset, så att man inte rätt vad det var ramlade och bröt benen av sig i den och blev en börda för sig själv, sjukvården och samhället i övrigt.

Han hade väl haft en dålig dag. Olyckligt kär som han var. Mycket beroende på hans talfel, alltså det stötvisa i hans tal, hade han blivit åhörd. Ljuset i trappan var numera alltid tänt.

Trapphuset var alltså för närvarande tomt. Från källaren hördes det nu mycket tydligare ljudet av hur tumlaren en sista gång vände tvätt, för att sedan med ett kort "schreeek" komma till ro. Trapphus hade generellt en mycket kraftfull och speciellt akustik. I det trista 40-talshusets sju våningar rådde det nu absolut tystnad. De, som skulle gå till jobbet denna vårförmiddag, hade gjort just det. De andra var uppenbarligen tysta som myror. De kanske sov, eller så studerade de. Vad visste han om sina grannar? Inget nästan. De såg alltid ut som de hade bråttom, och de såg annars inte ut på något särskilt sätt, de flesta, och inte som om de hade några särskilda intressen alls. Men det hade dom förstås. Vissa av de som bodde i huset hade kanske också åkt ner till stan denna dag, tänkte Robert, för att handla i de få butiker som ännu fanns, ängsligt väntande i Centrum på att utkonkurreras av internethandeln. Nå, konjunkturen i samhället var i alla fall god.

Han gick in i hallen igen och stängde ytterdörren, förflyttade sig sedan till det inre i sitt trista gemak, där han med en lätt darrning placerade den tunga colten som han haft i handen, på soffbordet.

Robert var ju alls ingen revolverman. Hans umgänge med pistolen var helt tillfälligt. Han gick fram till datorn, en svart laptop, som stod på ett bord försett med stålben vid väggen mot köket, klickade där, medan han stod framåtböjd över datorn, fram *Spotify*, och satte på *On the radio*, med Donna Summer, en urgammal discolåt som han alltid hade gillat. Robert hade sin egen smak. Han var opåverkbar i sin musiksmak av vad andra sa. De stora svarta högtalarna som satt vid långväggens yttersta översta vinklar dånade ut melodin och sången, och basen dunkade. Kanske skulle det hjälpa i denna problematiska situation? Skulle han byta till Toni Braxton? Här fanns inte rum för Rihanna.

Han satte sig i soffan med sin blå kaffemugg. Hans ansikte var dock nu ännu spändare. Kanske hade han aldrig i hela sitt liv upplevt en värre situation än denna. Han anade då inte, förstås, att allt skulle bli mycket värre. Han visste inte riktigt vad det var han hade gjort, och han visste absolut inte vad han skulle

göra med pistolen. Kanske slänga den i hamnkanalen?
Varför inte? Göta Älv var väl en ypperlig plats för
pistoler?

KAPITEL TVÅ.

*I vilket vi möter Livia, Roberts stora kärlek, - halvt
en liten Holly Goolightly, men också lite av en Marie
Curie, och i vilket vi finner ut något om hennes Hows
och Whereabouts och om hennes lilla Citroën.*

Livia Enstöhring svängde sin skramlande, nötta
lillcittra upp på infarten till sitt egna, ganska antika,
gula träslott ute i gamla villastaden. Villan, ty det var
inget slott, låg i ett område, före detta högstatus, som
var relativt centralt beläget i staden, rätt nära Roberts,
men som ändå präglades av en slags lantlig idyll. Det
hette Fredriksdal. Ingen hade visserligen något höns-
hus här, inte heller visade ägarna av husen här något
intresse för att odla morötter och sallad och sådant.
Nej, på gräsmattorna snabbkröp diskusliknande robo-
tar i sinnrika mönster, programmerade av tonårsung-
domar i Hongkong eller på Taiwan och behändigt
försålda genom *EBay*, innan tullmuren föll ner.
Klockan närmade sig tre, denna tisdagseftermiddag i
april när hon stannade bilen intill en stenmur och drog
åt handbromsen. Hon klev ur sin bil och ner i gruset
med ett snabbt steg.

Livia slog sen igen dörren på Cittran med en kort
smäll, som lät som ett snäpp i en plåtburk. Hon kisade
upp mot huset, på den flagnade fasaden medan hon
rättade till luggen. Det behövde målas här, tänkte hon
diffust. Nu hade regnet upphört och Livia tog av sig
sin lilla röda sportrock medan hon tog de fem fotste-
gen upp till ytterdörren, fortfarande iklädd de diminu-
tiva högklackade skor, som hon valt att gå ut med den
dagen. Hennes rörelser var snabba, hon var vältränad
och sprudlade av energi. Livia var kortväxt, knappt
155 lång, och elegant, mycket hip och älskade livet.
Hon förde sig mycket lätt, hade ett brunrött hår och en
frisk, fräknig hy, men det mest dominerande i det
hjärtformade ansiktet var avgjort de jättelika, blixt-
rande gröna ögonen vars pupiller var stora och tycktes
rymma en hel värld. Den lilla fina munnen var snyggt
målad med knallrött läppstift. Hon hade ytterligt små
händer och var opraktisk. Livia var mycket begåvad
och medlem i Mensa. Hon var född Holmberg och
hade själv tagit sig ett roligare namn. Hennes far var
miljonär och denne dyrkades av dottern, som var natt
drömde om honom.

Dörren till huset var låst och hon fiskade med flinka
nymanikyrerade fingrar upp en nyckel ur handväskan.
Korresponderande med det yttre, och det lättrörliga i
detta, fanns alltså ett mycket starkt levande inre intel-
ligens. Denna intelligens var också i mycket inriktad
på att låta det yttre samspela med det inre. Många
tyckte att Livia var lyckligt lottad.

Så klev hon in, och en svart katt smet, utan att alls snegla åt henne med ens en kall blick, mellan hennes ben och ut i trädgården i detta samma ögonblick. Men vad brydde hon sig om katten nu? Om allt någonsin blev som vanligt skulle hon skaffa sig en katt som hon tyckte om! Och som tyckte om henne! Helst en originell sak, nån orientalisk, burma, siames eller nakenkatt. Slängande sin lilla eleganta skinnjacka och sina skor i hallen stegade hon sen bestämt in i det stora rummet på nedre botten, där det var fullt av möbler, musikinstrument, böcker, gymnastikredskap och … givetvis … kläder. Med en suck lät hon sig själv trilla baklänges på en extrasäng som stod mitt i det ljusa rummet, placerad så att det var lätt att ifrån dess huvudända se TV-skärmen på den lilla, men exklusiva, stålinramade platt TV-apparaten, som prydde det bortre hörnet av rummet. Tv:n stod svart mot en ljusgul, randig tapet. Snett ovanför hängde en olja av Bengt Lindström. Hon la nu armen över ansiktet och tycktes vilja försvinna ifrån allting, döljande sig i armvecket. Höll hon på att tappa modet? Hon låg i denna ställning i väl 10 minuter innan hon försiktigt, med ett försöksvis milt ansiktsuttryck, kikade upp ifrån sitt hittepågömsle. ”Vad gör jag nu?”, sade hon högt. ”Nu är goda råd dyra.” Hennes ansikte var blankt av svett. Men det var det, å andra sidan, nästan jämt.

Hon kunde inte tänka en enda vettig tanke. Så famlade hon efter den svartvitprickiga mobiltelefonen, som hon alltid bar i ett brokigt tygsnöre om halsen, dinglande ner mellan brösten. Där i mobilen var redan ett meddelande från mamma: "Hur mår du? Hälsningar, Mamma."

Hon suckade, van vid dessa undringar, och vevade med tummen i adresslistan. Vem kunde hon nu anförtro sig åt? Inte mamma Ingrid precis. Vem var det som hade mod, integritet och huvudet på skaft nog bland hennes generationskamrater? Och vem var den goda vännen? Den verkligt goda vännen när det gällde? Hon hade faktiskt sällan behövt ställa dessa frågor så rakt och definitivt aldrig med en sådan desperation, som hon nu gjorde det. Så självständig brukade hon vara.

Hon bläddrade bland namnen. De var helt klart en väldig massa. Manliga och kvinnliga. Hon pausade här och där i listan. Tvekade, och hon funderade noga över varje namn. Men som hon inte hade *någon egentlig plan*, så blev det svårt. Vad skulle hon be vännen om? Att formulera problemet, eller att dessutom också be honom eller henne att vara med och lösa det? Hon gick och ställde sig i fönstret och såg ut i trädgården, där katten långsamt, lyftande sina ben, ett i taget, var på span efter något i den gryende vårsolens glans bland fjolårsgräs och halvmultnat löv. Den som ändå vore en katt!

Hon visste inte riktigt, att vad hon gjorde var alltihop för kärlekens skull. Hon trodde att hon tänkte på en pistol. Hennes lilla hand, där en ring med en stor

duvblå opal milt log, knöt sig omkring mobilen. Men i
sitt inre kramade hon en ung mans hand.

Hon såg ut genom fönstren hur mörkret nu börjat
sänka sig över villastaden.

- Jag ringer Undine, tänkte Livia och sken lite
grann upp i samma stund.

-

KAPITEL TRE.

*I vilket en stenrik, författande lektor berövas sin
avlidna mors trofasta hund. Och vi får här också reda
på något om Gustave Flaubert, denna lektors favorit-
objekt.*

Undine Samson Cotta arbetade som universitetslek-
tor och forskningsassistent i Franska vid Institutionen
för Romanska språk vid stadens universitet. Hon var
nästan fyrtio fyllda och bodde ensam i ett litet hyrt hus
vid havet, på Särö minsann. Denna förvårdag satt hon
i den med snickarglädje överfyllda loggian som vette
mot havet och skrev på sin gråvita sprillans nya Mac.
Hon såg mycket yngre ut än dessa trettionio. Hon var
påfallande lång och stor. Hennes huvud, med det kort-
klippta håret, syntes löjligt litet på den stora kroppen,
där framför allt bakdelen var jättelik. Verkligt stöddig.
Få var de stolar som omedelbart rymde denna. Detta
hade, i själva verket, varit hennes bekymmer och
största sorg ända sen puberteten.

Ögonen var små, av obestämd färg, och lite kalla. Det vackraste hos henne var den pyttelilla munnen, som så livligt återgav vad hon tyckte och tänkte. Detta återgavs med eftertanke och sållat genom alla realitetsprinciper som man inom psykologin hittills kommit på, och fler ändå. Ty hon var klok, och hon hade rykte om sig att vara just det. Klok och balanserad. Hon syntes dock också munter och glad som människa. Detta senare hade hon lärt sig att utstråla. Det omedelbara intrycket hon gav, och detta är det väsentliga, var det av en bildad och mycket världsvan ung dam. Hennes ansikte, hår och hennes välskötta grönmålade naglar skvallrade om att deras bärare var förmögen, om än inte stenrik, samt mån om sitt yttre.

Husets glasrutor mot västerhavet var ännu blöta av vårregnets ojämna duschar, men solen kom fram och det för verandaloggian välkända ljusgröna, somrigt varma skimret hade till Undines förnöjelse återvänt. Detta bekom alltså Undine utomordentligt väl och hon lade av sig sin dyra beigea ylleschal, ruskade på sitt lilla hår och tog sig lättjefullt en mun Madeira. Detta starkvin hade varit Churchills favoritdryck, näst te, tänkte hon ofta när hon köpte det på Systembolaget efter jobbet på Franskan. På institutionen alltså. Hon gillade förresten att läsa historia, och biografier späckade med trivia om berömda människor. Undine sträckte ut en mjuk hand mot bokhögen som halvslarvigt låg på ett ultrasmäckert sideboard bredvid henne. Där låg alla Flauberts romaner och noveller, på

16

Franska, specialinbundna i läder, samt böckerna med Flauberts alla oförskämda brev. Breven älskade hon. Flauberts vrede var utsökt! Flaubert var definitivt elakare än Churchill. På loggians kortvägg mot norr satt det till och med ett porträtt, en stor affisch, i chockerande svartvitt, förställande Flaubert. Flaubert såg här oformligt tjock ut. Kanske var hon svag för tjocka män, fast det insåg hon ju inte själv, i sin egen pompösa massivitet. En solstråle hade letat sig in till fransmannens kind. Intill posterporträttet av denne gigant hängde det inramade diplomet från universitetet, som lugnt berättade att en Undine Samson Cotta hade avlagt filosofie doktorsexamen i Franska språket och litteraturen och försvarat en avhandling. Samson var förresten hennes moders födelsenamn, och det var judiskt. Och här förekom så i avhandlingsbeskrivningen namnet Flaubert. Denna ämnesbeskrivning var dock, i sig, så invecklad, att den aldrig till fullo hade begripits av någon, varför det är onödigt att referera den här.

Hennes nuvarande arbete med Flaubert, som hon utförde på sin fritid, en fritid som tycktes oändlig, syftade till att göra begripligt för den breda allmänheten vad hon hade menat med sin avhandling. Samt att söka dra sina slutsatser ännu något längre. Man kunde ju dessutom kosta på sig att gå ut över slutsatser och även implikationer och fabulera lite, när man nu ändå bara, som rent tidsfördriv, skrev en populär bok, som inte skulle försvaras för någon grad. Alltså sökte hon successivt ta lite lättare och sen ännu lite lättare på sitt arbete. Som därför, för att det var möjligt, - att ta lätt på arbetet - och för att hon gjorde just detta möjliga verkligt, också föreföll henne stentråkigt. Delvis därför förekomsten av Madeiran i sammanhanget.

Men just detta med Madeiran hade dock, givetvis, visat sig göra arbetet inte så mycket mindre tråkigt, eftersom det nu blev svårare, och därför tog längre tid. Hon tyckte nu rentav att hon kört fast. Alltihop tycktes väldigt svårt. Hon insåg inte att det var Madeirans fel. Det skulle i själva verket, tänkte hon när hon, medan hon smuttade på vinet ur det kristallglas, som med ett lätt tickande ljud slog mot hennes nyblekta tänder, vara betydligt enklare att istället återigen doktorera i något annat, som till exempel Italiensk litteratur, kanske Toskansk poesi, eller Toskansk novell, kanske just Castigliones novellkonst, än att skriva denna bok om Flaubert. I Sverige var det alltför sällan folk hade två doktorstitlar. I Tyskland, till exempel, vimlar det av dubbeldoktorer. Och dom har ändå betydligt strängare krav på avhandlingarna i humaniora i Tyskland, än vad man har här hemma, i detta efterblivna land i norr, landet där vi har det så bra.

Var det Flaubert som ställde till alltihop, eller vad var det? Hon snurrade – inkrökt i sig själv - på Madeiraglaset och läste återigen några rader i *L'Éducation sentimentale,* Flauberts stora älsklingsprojekt, vilka just – som man kunde uppfatta saken - berörde verkets titel. På svenska skulle dessa rader ungefär lyda:

*"- Åh, de bildade klasserna! upprepade socialistern
med ett hånskratt. Det finns inga bildade klasser! För
det första finns det endast hjärtats bildning. /.../."*

Undine funderade nu över detta. Givetvis fanns det
bildade klasser! Till exempel *klassen av bildade män-
niskor.* Så tänkte hon överlägset och småfull.

Flaubert protesterade hur som helst, *i romanen*, ge-
nom denne socialist, emot borgarna.

Flaubert var en skeptisk skitstövel som vanligt, och
sade: Nej. *Pas du tout!* Han gav nu begreppet *bildning*
en metafysisk innebörd. "Hjärtats bildning." Bokens
titel var *L'Éducation sentimentale.* Bildning - *éducat-
ion* -fanns hos var och en, och det var ett slags själens
allvar och dess heliga renhet, tänkte Undine. Men
härmed gick alltså den eventuella kritiska ironin i
bokens titel förlorad! Var begreppet "hjärtats bild-
ning" något som pekade utöver romanen, och pekade
mot var en, pekade oändligt?

Så gick tankarna – om lite rörigt, så dock - hos Un-
dine, hos vilken det nu tycks ändå ha gått upp en ny
tanke. Originell var hon vanligen inte alls. Hon var
mer gedigen. Kanske var det en viss koncentration av
Madeira i blodet hos Undine, som fick denna sällsynta
effekt?

Snart sansade hon sig, och betraktade denna tanke
om boktiteln, en boktitel som genom sekler skapat
kontroverser på seminarierna, på dess plats inne i sitt
huvud och sade sig, att åtminstone inte *hon* skulle
förmå sig att överblicka konsekvenserna av denna

samma tanke. Det fick helt enkelt bli något enklare. Som vanligt. Hon fick fortsätta med det formella. *Stilgreppen*. Lite lätt så där. Hon använde bara måttligt modeterminologi. Hon gjorde sig inte till! *Så pass* begåvad var hon i alla fall, tänkte hon. *Det som alls tänktes, det skulle tänkas klart.* Det som tänktes, fick inte luta sig mot några suddiga nypåkomna intellektuella begrepp, begrepp som redan efter några decennier bleknat till den intighet, som de i själva verket var det ambitiöst pinsamma och pretentiöst överladdade uttrycket för. Så tog hon en liten klunk till … och vände blad.

Det plingade då plötsligt till i datorn. En uppdatering på *facebook*. Det var Shanghai från *Toodeloo* som skrev:

"Ser på Netflix. Var fan e mina paljettshorts?? Nån som vet !!!!?????@@LOL"

Undine klickade, nu utan att röra en min med sina små kurviga läppar i sin lilla mun, åter fram *Word* och sitt manuskript med Flaubertcitatet. Med några lätta rörelser på datortangenterna tog hon också fram en musiklista från nätet och lät sen, genom en tryckning, *Anthony and the Johnsons, Knockin on Heaven's door* strömma ut i rummet. Fanns det något alls här i världen, som var så tröstande som kastratsång, eller transsång? Eller vad det nu var för någonting. Hon älskade det. Undine gillade inte feminism och HBTQ. Men det sa hon aldrig. Det gjorde man ju inte. Sa sådant.

Nä. Sådant sitter djupt, om det sitter, och vad man känner för, rår man inte för. Typ.

En mindre till mellanstor hund trädde, med små knäppningar och en del hasningar av gammal raggig päls mot parketten, in i storarummet ifrån loggian. Det var en tax, vid namn Hugo, som Mademoiselle Cotta ärvt av sin mor, Elsebeth, som för ett halvår sen hastigt gått bort, efter att ha blivit överkörd av en spårvagn vid Centralstationen i Göteborg. Hunden hade blivit vittne, slitit sig från sin matte och nästan fallit i hamnkanalen. En kvinna från förorten, iklädd heltäckt i muslimsk dräkt, som också blivit vittne, hade däremot fått hjärtslag och dött där hon stod.

Undine steg efter bara en liten stund nu upp, stängde av musiken, grep sin mobil och öppnade balkongdörren för den lilla hunden, som genast, trots sin ålder och alla krämpor, trängde sig ut i det fria, med ett litet gläfs. Hunden försvann ut. Efter en kort stund la Undine undan sina böcker, satte laptopen på *standby*, och gick ut i hallen, där hon hämtade en kort egyptisk rock av läder, siden och kamelhår – inköpt på plats i Kairos jetsetkvarter - och gick sen genom våningen och vidare genom balkongdörren ut efter lille Hugo. Luften var kylig, men frisk, och hon skådande över det vida Skagerack, där bränning efter bränning bröts, och luften var frisk och aningen isande av salt vatten som yrde i stora kärvar långt in över land och över henne. Hon kände hur hela världen liksom med en rysning av glädje kom åter till henne, med våren i sin famn. Ibland kände sig Undine fjärmad från världen. Hon började halvt småspringa på en liten krokig sandstig som ledde nivåvis ned mot havet, nu med taxen efter sig. Lille Hugo, som var nästan helt grå av ålder, skumpade gnällande och orolig efter sin nya matte och letade samtidigt efter ställen där det möjligen kunde finnas en buske, som åtminstone svagt liknade en tik, ty han ville ju åtminstone sätta på någonting. Bättre sent än aldrig. Ögonen for fram och tillbaka i hundskallen, och tungan släpade ibland ner på marken, där sanden flög upp i små virvelstormar efter det förhållandevis tunga djurets framfart ner mot sjön.

När Undine nått fram till båtbryggorna, som låg nedanför hennes hus, klapprade hon med sina stadsskor ut på en sådan, vid vilken fyra, nyss sjösatta, medelstora segelbåtar nyckfullt och ojämnt stretade i sina förtöjningar. Det luktade sjögräs och tjära och karbinhakarna klingade i sina fästen och från masterna small det, när skoten, fallen och stagen i halvkulingen sökte göra sig fria från metallspröten, som ju utgjorde själva masterna och den övriga riggen. Hon kände själv inte till något alls vad gällde båtar och dess utrustning. Hon var ju kroppsligen inte heller alls byggd för att hantera dem. Men hon kunde dock lätt och med sitt öppna sinne njuta av dem och deras skönhet och tänka, att det var roligt för dem, som nu begrep sig på sådana här livsfarliga tingestar, hur man framförde dem och hur man vårdade dem. Hur man på bästa sätt

sökte göra det enkelt att ta sig ut med dem på havet.
Hur man angjorde bryggor. Och varma sommardagar
med rätt manskap – ur hennes personliga synvinkel
sett - var hon van vid att då och då kunna följa med
några grabbar ut, och ligga och sola på däck. Undine
ville kunna den svåra konsten att både njuta av fransk
litteratur och att få njuta av det, som denna litteratur
ofta och med sådan intensitet handlade cm: det het-
siga, heta, ljuva erotiska och intensiva livet.Dessa
konster är båda två inte så svåra att behärska om man
har utrustats av naturen på ett någorlunda gynnsamt
sätt. Och är beredd att avstå från annat. Undine var
varken något akademiskt snille eller någon exception-
ell strandskönhet. Men vad som framför allt hjälpte
henne till att få följa med kidsen på segelturer och få
delta på festerna de hade, det var ju hennes behagliga
sätt, ja: hennes förnuft, samt den skönhet, som intelli-
gensen alltid på något egenartat sätt hade i släptåg.
Dessutom att man omedelbart, på hennes sätt och
alltihop, såg, att hon var uppvuxen i societeten och att
hon på ett chosefritt sätt trivdes med det. Att så var
fallet kunde man se, även om man till exempel var
från Stockholm, eller till och med om man var lång-
väga utlänning. I viss utsträckning i alla fall. Hon bar
sina hundra kilo rakryggad och självmedveten. Hon
hade, kort och gott, klass. Inte många har det, på ett
självklart sätt: klass. Kanske hade hon fått denna av
Elsebeth.

Längst ute på bryggan, som gungade så smått i de
små vindbyarna, stannade hon och började sjunga
Knockin on Heaven's door, ut mot vinden.

Kanske, tänkte hon, skulle allt reda upp sig! Nu
kände hon sig friare än på länge. Ty hon hade nu ing-
en alls att ta hand om längre. Utom hunden då. Och
den såg ut som om den, i åldrandet, i sin sexualnöd
och förvirring, också ängsligt undrade var dess sista
viloplats skulle komma att bli. Kanske här i havet,
tänkte den kanske, ty någon form av tankeverksamhet
har ju djur också, liksom de flesta människor. Den
lyfte försiktigt en tass invid den yttersta bryggkanten,
där den stod bredvid den smånynnande, gungande
Undine. Kanske i sympati. Hon blickade hastigt och
skuldmedvetet ner på den gamla, raggiga hunden, som
mer liknade en vålnad än en hund, och hon flätade
raskt, om än utan både talang och känsla, in hundens
namn, meningslöst, i sin sång. Hon sjöng allt ljudli-
gare Bob Dylans sång med rader som:" Oh,
Hugooooo, Hugooo-oooou!" Vinden tog nu visserli-
gen det mesta av sången. Bryggan svajade. Hunden
blickade egendomligt sorgset upp på hennes, slant sen
hastigt på en gummilist och rutschade med ett stort
plask ner i vattnet bredvid en bryggpollare. Och Hugo
sjönk sedan som en sten. Undine skrek till, och efter
att hon gjort en liten tafatt rörelse med handen – som
en liten cirkel - efter hunden, svepte hon, i en rysning,
den korta kamelhårsrocken från Kairo tätare omkring
sig. Sen stod hon bara och såg, nu knäpptyst i denna

sin illustra rock och med vinden i håret, ner i det gråa havsvattnet, som stritt skummade därnere vid pollarfoten. Vinden slet hela tiden också i båtarnas riggar och vimplar. Vinden blåste alltså, som om inget hade hänt.

Någon annan människa såg hon inte till vid stranden. Efter tio minuter, en kvart, gick hon åter upp till strandvillan, lätt huttrande. Vinden var nu kall. Vintern släpper inte så lätt sitt grepp.

Hunden sågs aldrig mer till. Kanske var det nu faktiskt med en viss sorg hon nu insåg att hon var alldeles ensam. En god sak var det att vara fri, tänkte hon, medan hon mer argt än ledset slängde rocken på hallgolvet och gick in i storarummet, men det, att vara alldeles ensam, det gjorde ju livet fullständigt meningslöst! Ack! Hundens försvinnande ställde med ens allt på sin radikala spets.

Ack! Och snart fyrtio också! Att bo här uppe i Norden, i De Ensammas Land! Varför inte bege sig av till södern, till Provence, som hon kände så väl, och där det talades världens vackraste och mest perfekta språk, detta språk, som hon redan sedan sina tonår hade beslutat sig för att göra till sitt. Kanske var en förändring nu nödvändig? Boken kunde hon ju skriva färdig i Frankrike! Lektorsjobbet var ändå tråkigt. Varför betrakta detta vinets land bara som ett alternativt land? Varför inte göra det till sitt enda? Eller hon kunde ta över farfars hus i Wien? Möjligheterna var i själva verket oändliga.

Nu ringde mobilen. Det lät som när man pinkar i en metallburk, tyckte hon, ty hon hade genom sina resefunderingar fått ett nyfriskt sinne. Måste byta signal! Man kan inte ha en pinksignal! Vem var det? På tisdag eftermiddag? Medan hon småsprang, lämnandes sin Madeira, och lyssnandes letade efter sin iPhone, som hon lagt ifrån sig när hon steg in i huset, funderade hon på om döda hundar kanske flyter upp. Kanske de bara försvinner, äts upp av krabbor, sjöhästar, maneter och plankton. Man behövde väl inte dragga efter dem? Var det lag på det? Ofta var det lag på sådant i Sverige. Absolut inte i Frankrike! Eller Italien. Inte efter hundar! Hon tänkte att hon måste googla på detta.

KAPITEL FYRA.

I vilket nu i historien inträder en av dess allra mest intagande gestalter, en tablettmissbrukande, manipulativ poet, en ny Sapfo, från Kaos-land, och vi häpnar givetvis stilla över att sådana människor finns

Två våningar under Robert, på Abrovinschgatan 14, också hon i "de ensammas land", d.v.s. i Sverige, ensamhushållens *Eldorado*, bodde Maretta Gunna Larsson, en liten kvinna i övre medelåldern, utan egna tänder, med det ljusrödbeiga håret pottklippt. Hon bodde i en likadan enrummare som Roberts. Men hos

26

Maretta var det inte ordning och spartanskt som hos Robert, men det var konstant kaos, stökigt, överlastat och svettigt.

Kaos, svält och ångest och inga pengar präglade tillvaron här. Så också denna dag, denna tisdag som nu så smått började lida mot sitt slut. Vilket var bra för Maretta, ty då brukade ångesten släppa. Men det kändes inte så idag. Det var inte alltid det fungerade, detta med solljusets korrelation med ångesten. Hon irrade omkring med ångesten jagandes efter sig i sin minimala lägenhet. Men på något sätt redde hon ändå alltid vanligtvis upp sin ångest. Hon överlevde den. Hon var expert på överlevnad. Sen många långa år. Fast alltid med ett nödrop och slitigt var det.

Denna lägenhet var i ett riktigt förfärligt skick, något som givetvis – om än omedvetet - bara ökade på ångesten hos henne. Redan innanför ytterdörren började eländet, med en liten ojämn rad av fluffiga dammtussar, brödsmulor och ingrott tuggummi. Så fortsatte det vidare inåt i hallen, där drivor av gammal reklam blockerade vägen tillsammans med gamla strumpor, pappersbitar, kvitton från Willys och Systemet, och en smutsig trasmatta, som låg i veck. Inne i rummet, som var dåligt upplyst av en olaglig, alldeles för svag, glödlampa av äldre sort, såg allt likadant ut: skräp på golvet, ihoptrampade mjölkkartonger, tidningar, böcker, kaffeskedar, bomullstussar, koftor, halsdukar, gammal wellpapp, sladdar, iturivna halva fönsterkuvert, gamla sönderrepiga CD-skivor, stenhårda, torra bullar och diverse smutsiga lakan dominerade och allt var täckt med tjockt damm, damm och åter damm.

Intill fönstret hade hon länge vid soffbordet suttit och präntat ner summor i ett postgiroblock med räkningarna och med de förfrankerade postgirokuverten bredvid sig liggande på en taburett. Nu var det klart och hon klistrade snabbt ihop kuvertet. Hon lade med en lång sträckning av armen kuvertet på en blåmålad byrå. Så strök hon luggen ur pannan och satte sig sedan vid en annan ände av bordet, släpande stolen dit med ena foten och Maretta valde nu, framåtlutad så att både de blå jeansen och tröjan skavde i den fläskiga midjan, bland tabletter som låg lösa i en hög bredvid en bunt böcker, Bordet, som förlorat ett ben, stod och vinglade. Fingrarna som lyfte upp tablett efter tablett var lite bläckfläckiga av artbetet med räkningarna. Samt bar färg av tobak. Ett paket röd Marlborough låg också framför henne. Hon var iklädd en blommig badrock, kroppen skakade ständigt lite, ty energi hade hon egentligen ingen brist på, det var bara det, att all denna energi var satt av hennes själ att tygla sig själv, med främst två medel. Två dåliga medel ambivalens och tabletter. Ibland rosévin. Rosévinet tog i hennes fall mest kraft ifrån henne. Ambivalensen var god två. Tabletterna tog i så måtto kraft av henne att kraften mest bara försvann.

Hennes ansikte var, trots alla år av missbruk och umbäranden, präglat av en stark och originell intelligens. De stora blå ögonen rörde sig snabbt och livligt. Runt munnen fanns det drag av en sällsam, stolt beslutsamhet, som tycktes beredd att gå hur långt som helst, men enbart på helt egna vägar. På hennes villkor. För närvarande tycktes vägar och villkor leda i fördärvet. Men hon var van vid denna slags kamp. I livet hade hon givetvis inte, såvitt hon själv begrep, åstadkommit mycket nämnvärt. Som man ofta tanklöst uttrycker saken. Men vad handlar allt om? Tiden gick hur som helst för Maretta i ångestens tecken och i ett evigt letande efter lindring. Så var en stor del av hennes liv.

Men på den låga bokhyllan, som stod framför det största fönstret i vardagsrummet, ett fönster som var nära nog ogenomskinligt, igengrott och hade smutsränder på alla glasytorna, utom de yttre som vårregnet just piskat rena, låg några osorterade pappersbuntar i A5 och A4-format. Det var dikter.

Här fanns dels dikter skrivna med penna, dels mycket maskinskrivet material. Någon dator hade inte Maretta, eller Marette som hon egentligen hette, ty hennes mor, Marlene, som hon ensam växt upp hos, hade varit danska. Alla dessa dikter, ty det tycktes vara flera hundra av dem, som låg där i det svaga ljuset från den halvt av gråhet skymda solen, syntes flera vara sparade genom åren, även om vissa också föreföll helt sprillans nya. De låg där, löftesrika, blickande. De nästan talade.

Ty när hon betraktade dem lyste hon upp, - dock inte fåfängt eller självmedvetet - och det var inte utan att det formulerade sig något i henne i den stund hon bara såg bunten. "All den rosens blod...", började hon, medan de smala, nikotinfläckade fingrarna fipplade mellan tabletterna, som hon lätt urskilde från varann, trots att hon kastat burkarna.

Hon tänkte ibland, att hon skulle vilja ge ut dessa dikter i en liten vacker bok, dedikerade till sin eviga kärlek, en flicka vid namn Madeleine, som tyvärr för länge sen var död. På ett av papperen fanns ett stort titelblad till den, någon gång i framtiden kommande, samlingen. Med stora valhänta bokstäver, kritsade med rödpenna, stod orden: "DEN ENDA HUNDEN". Hon var inte säker på, om hon själv hade skrivit detta, eller om det var Emily Dickinsson. Eller om båda gjort det. Maretta var inte så noga med sånt. Hon var höjd över all copyright i världen.

Det var så trist, att i Marettas kretsar var de allra flesta människor döda. Man fick ha en sällsynt personlighet samt en stark konstitution och dessutom en stor portion tur, om man skulle hålla sig vid liv, förande ett sådant som hon och hennes vänner valt, eller blivit valda till. Således levde Maretta redan nu, blott 50 fyllda, till stor del i det förgångna. Hon hade dock även en stark känsla för den slags evighet, som kan upplevas som ett nu, som var likt ett nu, upplevt som en evighet. Där blandade hon samman Marguerite Duras, Djuna Barnes och Agnes von Krusenstierna med sig själv och sin älskade Madeleine, blandade forntid med nutid och framtid. Hon blandade helt frankt ihop sina egna dikter med dikter av poesins stora. Det var alltså för henne ingen sak alls detta, att söka gå till historien. På ett sätt hade hon alltid vetat om sin talang och förmåga, och hon hade på ett naturligt sätt placerat in sig själv i en skara poeter, bara intresserade av kärlek och evighet. Och detta, bara det att tillhöra denna intressegemenskap, det räckte ju. Vad var livet? En liten skälvning av ett ynkligt rö i vinden. Men hon kastade givetvis inte bort sina dikter för att allt i livet var så skört. Men försvann några diktblad så saknade hon dem inte.

Att skriva är en skärva av evighet, bara det. Fast så tänkte hon inte. Hon spekulerade inte. Hennes dikt och liv var ett flöde, mer av bilder än tankar.

Maretta svalde tillsammans med ett halvt glas vatten ett par tabletter, rusade så upp från där hon satt och ut på toaletten och spydde snabbt och utan åthävor upp tabletterna i holken. Tillbaka sen in i rummet och fram till bordet, där nu andra tabletter sakta och tvekande rullade i lutningens riktning efter att de blivit letade bland av Marettas händer.

Svetten pärlade på hennes bleka överläpp. Hon var kontrollerat agiterad. Hon öppnade med darrande hand en av de få burkar som ändå intakta också stod på soffbordet och strök luggen från pannan. Sen tog hon ur burken upp en grön tablett, gick med den i sin kupade hand, som pryddes av långa, ovårdade naglar och på ett pekfinger en smal silverring, ut i köket där hon fyllde på glaset, och tog så tabletten med en rejäl klunk. Uppenbarligen var det, att ta just *den tabletten*, och ingen annan tablett, något som både hennes medvetna och omedvetna var helt eniga om, ty hon gick nu denna gång inte ut till toaletten, men med lugna steg fram till sängen, på vilken hon nu slutligen suckande dråsade ner, utan att på minsta sätt bry sig om hur hon föll. Efter knappt en halv minut sov hon, på rygg med en arm under sig. Sovandet var hennes favoritsyssla, hennes trista normaltillstånd och hennes slitna, men ännu helt klarvakna, dionysiska själs andning.

Hon andades tungt och mycket långsamt när hon sov. Man kunde inte tänka sig att hon drömde något alls. Men det vet man inte något om.

Solen gick röd ner utanför, bakom hustaken på andra sidan Abrovinschgatan och Viktor Rydbergsgatan på andra sidan gräsmattan.

KAPITEL FEM.

Vari blygsamt förtäljes återigen om hund. Inte om Hugo och inte om den Enda Hunden, men om en hund som ingenting förstår, och om en olycka på en gräsmatta, samt om ännu en olycka, som skapar en oreda utan like.

Senare på kvällen denna vårdag i slutet av april låg den smala gatan utanför Roberts och Marettas små krypin ganska öde. Trottoaren längs med denna gata löpte utanför i båda väderstrecken – norr och söder - till andra portar i huset, förstås, och gatan tjänade även sex dagar i veckan som parkering åt en lång rad med personbilar. Alla bilarna varav modernt snitt, halvsmå, troligen av plast, och stod utmed kanten av en vidsträckt välvårdad gräsmatta, över vilken alltså både Robert och Maretta hade utsikt från sina balkonger. Få människor i husen utefter gatan hade dock sina balkongdörrar öppna. Det var ju ännu bara april, dagen var mulen och klockan var sju på kvällen en tisdag. Det blåste en snål nordvästlig vind. Just sådan vind har ju blivit mycket vanligare sen det hände något med Golfströmmen, som rejält försvagade denna ström.

Gräsmattan utanför huset stöp ravinlikt ned mot ytterligare en gata, eller väg, den nämnda Viktor Rydbergsgatan, som var bredare och var upplyst av en serie gatlyktor, som med vida skärmar gungande i vårvinden. Vägen ledde i en mycket svag båge, på ett vackert sätt, ned mot en villastad, där människor, som hade det lite bättre ställt än Robert och Maretta, bodde. Detta område hette Fredriksdal. Här uppe var det alltså ett helt annat område. En gång i tiden hade detta område hetat "kyparkvarteren". Så kallades det inte längre. Men visst var det ett förträffligt namn, då det ju här var gångavstånd – via Viktor Rydbergsgatan

- från krogarna i centrum. De lågbetalda kyparna kunde efter jobbet, lätt och *geschwindt*, springa uppför backen och hem till sängen, medan de förmögna gästerna kunde ta taxi till Böö, Särö och Kullavik.

Ett fåtal människor rörde sig uppåt och nedåt längs trottoarerna som kantade den bågformade vägen, många på väg ned mot Willys snabbköp, andra på väg upp från detta, med papperskassar i händerna, fullproppade med diverse matvaror. Andra människor åter, som rörde sig lugnare, med en helt annan kroppshållning, var samtidigt ute med sina hundar.

Det var mest små hundar, av någon anledning, och det var mest hundarna som stod för observansen i grannskapet. Deras blickar for spejande, inte för att de hade någon så särdeles god syn, men de lyckades alltid, samman med sin hörsel och sitt luktsinne, samt sin för hundar typiska allmänna känslighet, skapa sig en så god bild av läget i denna trakt, att dessa små liv, stretande i sina koppel, var goda markörer beträffande vad människorna omkring dem borde iaktta för attityd ifråga om vaksamhet och säkerhet. Hundarna var också noga beträffande vad andra hundar borde veta och tycka. En del hundar såg givetvis ut att enbart ha det tråkigt. Dessa stirrade tomt framför sig. Men också detta kunde man se som något uppmuntrande och lugnande, som människa och boende i stadsdelen. Hände inget så var allt som vanligt. Överhuvudtaget så såg hundarna till, att man inte missförstod någonting, nå, att man inte missförstod alltihop kapitalt i all fall! Ty att missförstå på det senare sättet, det fanns det ju ingen anledning att hundarna här skulle göra. Hundar kunde helt enkelt inte missförstå allt! Allt detta var i det stora hela, mycket lugnande för människorna norr om Fredriksdal.

På detta sätt hade man i området kunnat resonera. Även om givetvis ingen gjorde det. Eller var medvetna om att de på ett sätt gjorde det. Vad som sker i det tysta vet ju ingen. Även i upplysta tider finns det givetvis en omedveten dimension.

Vårdagen var alltså här snart slut.

Men en hundägare, vid namn Gottfalksson, runt de 35, en liten smal skinntorr kvinna i vadderad, fotsid, brun, lite glänsande, billig rock och ljusgröna halvstövlar, tränade i skymningen sin hund i att lyda.

Hunden förstod absolut inte varför. Inte de andra hundägarna heller. Ty kvinnan hade inte minsta dressyrtalang och hunden ställde inte till särskilt med besvär som den var. Aldrig hade hon lyckats lära hunden minsta kommando, nej, hunden drog sig i alla sammanhang undan, och så gjorde nu också de andra hundägarna tillsammans med sina hundar. Man var nästan rädda att bli förknippade med denna totalt misslyckade matte, som ändå, det måste man i alla fall tillstå, med ett enastående mod och envetenhet, kväll efter kväll, genom kastande av pinnar, genom små rop och rejäla drag i strypkopplet upprepat försökte få hunden, en beigemelerad Cocker Spaniel, med namnet Eddie, att förstå vad den hette.

Nu hade hon och hunden också emellertid efter hand börjat se så olyckliga ut, att några av de andra, som gick där i environgerna med sina hundar och utväxlade ord över sina djur, som dessa hussar och mattar i låtsad tanklöshet låtit trassla in sig i varandras koppel invid lyktstolparna, till sist beslöt att i samförstånd, och i samlad trupp, ändå inleda en konversation med fröken Gottfalksson. Hon såg ensammare ut än nånsin. (Och tro sjutton det, när inte ens hennes hund förstod henne!) Och så hände det sig denna kväll, att tre hundägare målmedvetet skred fram på gräsmattan utanför Roberts och Marettas gemensamma uppgång, för att försöka tala den olyckliga till rätta. De var laddade med goda råd och - faktiskt - god vilja, och hade en samlad erfarenhet av ett flertal raser samt av hundratals dyra timmar på hundkurs och hos veterinär. Men det var bara det att fröken Gottfalksson uppfattade närmandet som ett hot.

Det var ju inte så konstigt. Hon hade ju sett alla deras blickar, noterat de böjda ryggarna, tisslandet, blickarna, de alltför hårda knoparna om bajspåsarna, och allt sådant. Således böjde hon sig snabbt ner, tjostande, ty hon var ännu inte helt frisk från en utdragen vinterförkylning, hostade till och grep tag om midjan på den kraftiga, långhåriga spanieln och med denna i famnen rusade hon så bortåt änden på huset, där hennes uppgång, Nr.10, låg. Plötsligt halkade hon då på något och föll mot sidan av en röd Audi, studsade mot denna och trillade raklång i rännstenen intill bilen ifråga och blev liggande. Hunden, som slitit sig, rusade vilt skällande bort iväg längs gatan med kopplet och ett i grönt blinkande cykellyse, inköpt på Clas Olsson, som var anbragt ungefär mitt på kopplet, slängandes, viftande och smattrande, efter sig.

Nu blev det mitt i skymningen ett liv på gräsmattan! De tre hjälparna rusade ampert mot den stackars kvinnan och skrek åt varandra. En bil stannade på vägen, och bussen nerifrån stan, som, gasdriven, kom stånkande på Viktor Rydbergsgatan i motsatta körfältet, bromsade in. Passagerarna började t.o.m. ta kort med sina mobiler. Ni vet hur folk är!

Det blev alltså ett Herrans liv! Ja, så mycket att nu Robert, som nu satt med en ny omgång starkt kaffe och såg på ett TV-program om isbjörnarna på Arktis, och som för en stund sen ställt balkongdörren på glänt för att kunna tänka bättre, reste sig och steg ut på balkongen. Robert hade inte märkt, lätt oredig efter alla de glas *Red Port* han successivt satt i sig under eftermiddagen, att han hade tagit upp den glänsande pistolen från soffbordet. Pistolen var ju ständigt i hans tankar efter det som han hade ställt till med den. Han bar vapnet i höger hand, när han försiktigt lutade sig över räcket för att lokalisera ljuden och ståhejet. Robert såg då snett nedanför fröken Gottfalksson, som nu, fortfarande liggandes, hade börjat gråta ljudligt med långa tjut i armarna på en annan kvinna.

Häpen, och kanske t.o.m. med något känslolöst glad över att se, att någon annan människa hade det jobbi-

gare än han själv, lossnade Roberts grepp om pistolen
något litet. Detta lilla räckte emellertid till för att den
tunga pistolen skulle glida ur hans hand. Så for den
ikoniskt farliga tingesten iväg ner utmed yttersidan av
balkongen, passerade sen balkongen omedelbart inun-
der och hamnade med ett *THUMP* i Marettas balkong-
låda, där det nu fanns jord, sedan gammalt, men inte
tillstymmelse till växlighet. Det hade nog aldrig växt
något där. Robert stirrade, lutad ut över gatan i halv-
mörkret, helt slagen till slant, efter vapnet, medan
tårarna fyllde hans ögon och rädslan snabbt kom kry-
pande uppåt i hans nacke. Han blev spik nykter.

-   Så typiskt! var orden, som trillade över hans
    lätt portvinsdoftande läppar.

KAPITEL SEX.

*Undine får alltså ett telefonsamtal och känner sig
behövd och mycket lyckligare igen.*

Undines lyssnade i kvällningen till telefonens signal,
konstaterade åter att hunden Hugo var borta, i det hon
i förbifarten betraktade hans vattenskål, där hon skym-
tade en skvätt vemodigt vatten. TV-n slog hon under
tiden på med fjärren av gammal vana. Hon var en
typisk multitaskare. Klockan var nu över nio på kväll-
len och det var *Aktuellt* och hon hörde, att ännu en
riksdagsman, en kvinna, hoppat av sitt parti för att bli

politisk vilde. Politik var Undine måttligt intresserad av. Hon kände sig luttrad och skeptisk i det mesta. Även saker hon inte vare sig varit inblandad i, kände för eller alls kände till hade hon en skeptisk attityd till. Att detta var ett av överklassens mest bekanta signum var hon ovetande om. Hon såg då i displayen vem som ringde, och, Åh! det var Livia, hennes väninna från tiden med Patrik och Svante. För ett halvår sen. I höstas. Hon svarade glatt:

– Hej!

– Hej! hördes det i luren. Livias röst, som vanligen var lugn och energisk med dov timbre, var nu hetsig och snabb. Den var emellertid alltid musikalisk. Jo, sade hon, jag behöver så... väl nån att tala med. Dig alltså. En vettig människa, en vän. Jag har ...

Undine avbröt, med en säkerhet som nästan bara en solid överklassuppfostran, gift med en doktorstitel, kan ge:

– Ingen fara, snuttan! Det klarar vi! Är det nåt med Patrik, eller är det nu den där Gabriel igen eller?

– Nej, nej, sa Livia argt. Detta är värre! Kan jag inte komma över till dej. Det passar liksom inte för telefon ens! Snällllla!

– Jajajaja. Kom då. Kom! Jag har ändå inget för mig. Här e de stiltje. Ta en liten cab! Om du inte vill köra bil.

– Ja jag kommer. Gulliga! Går det bra om en halvtimme?

- Avgjort. *Excellent! Ma chérie! Tout va bien!*

– Allt blir bra! tillade hon, nästan lite snålt tillrättavisande sig själv. Kom! tillade hon.

Samtalet avslutades. Undine andades ut, men förvåningen stod skriven över hela hennes ansikte. "Passar inte i telefon." Vad hade Livia för sig egentligen? Men, det är klart, om man håller på och vispar runt på det där sättet med kidsen, så hamnar man till slut i rena soppan. Livia var ju yngre än hon själv, minst fem år. Kanske tio. Eller sju. Eller elva. Men i alla fall… Hon bet sig eftertänksamt i läppen.

Mademoiselle Cotta städade alltså undan i största allmänhet lite i storarummet, slängde Hugos vattenskål i soppåsen tillsammans med en bunt dyra märkeshundkoppel i bjärta färger, en gul hundregnväst och diverse hundmat och gröna hundben av plast. Miljön är till för att ta hand om sig själv! Det var hennes åsikt. Hon hade överfört en maxim från Dylan Thomas till miljön. Ursprunglig lydelse var: "The business of history is to look after itself." *Historien* är till för att ta hand om sig själv! Undine älskade att strö citat omkring sig. Mest från franska och engelska författare. Hon hade börjat sin bana som anglofil. För tillfället var hon frankofil. Men livet var ju rätt långt, tänkte hon, uppmuntrad av att få väninnan på besök. Man kunde hinna älska mycket under ett liv. Ett liv var vanligen långt, tänkte hon. Särskilt europeiska. Hugos hade varit enormt långt, avgjorde hon som ett litet avslutande tillägg.

Att nu miljön är något betydligt mer handfast än historia, som ju skrivs av människor, det brydde hon sig inte om.

Hon bytte nu topp och satte på sig en svart sådan och utanpå denna en svart långtröja, ty hon ville ändå markera för Livia, att hon var en intellektuell, stram och sansad person, och inte en sån som bara ägnade sig åt dans och andra nöjen precis jämt och särskilt varje natt. Denna markering var dock omedveten. Överhuvudtaget kan man säga att Undine hade många skikt i sin personlighet. Det hade även Livia.

Undine hängde ändå till slut på sig ett jättelångt halsband med ett slags mässingskulor, för att inte verka tråkig. En kvinnas påklädning är vanligen snabb, men den innefattar mängder av små moment, givetvis i relation till den mängd kläder och små prydnader som står till buds. Den egyptiska rocken slängde hon omsorgsfullt över en stolsrygg. Väl synlig, eftersom den, enligt henne, liksom enligt många andra, var skitsnygg.

Hon såg sig nöjt omkring i sitt vackra villahem.

Alla papper och böcker fick ligga som de låg, för att understryka för Livia hur upptagen och diversifierad hon egentligen var.

KAPITEL SJU.

Här berättas om hur snillen kan ändra histori-ens gång ofta för ett flertal människor, här genom att, bland annat, göra upp planer, övertala folk och skaffa en mängd trälådor.

Men varför var nu Robert så förtvivlad? Varför hade han sprungit omkring med en pistol hemma? Kanske hade någon diagnos? Sådant kan man inte veta. Alltid. Det går ju dessutom inflation i diagnoser. Om man hade en från ett visst håll, så hade man den inte från ett annat. Och under ett årtionde hade man den ena bokstavskombinationen, under ett annat en annan. I grunden för allt detta låg en jättelik business, förstås. En viss verklighet också givetvis. Men en skiftande förstås. Samt okunskap om det mänskliga psyket.

Ja, varför hade han nu haft en pistol? Och varifrån kom den? Vi skall berätta om allt detta. Vi tar det i korta drag, ty ju kortare vi tar det, desto snabbare får vi reda på vad som faktiskt hände med Robert och med pistolen i balkonglådan. Vi kan dock inte göra redogörelsen så kort, att inte händelseförloppet blir klart gripbart. Skall man förstå något, så skall man förstå det i grunden. Vi kan heller inte underlåta, mitt i vår strävan efter en konkret och handfast begriplighet, att ge berättelsen det *skimmer* som den efter sina omständigheter förtjänar och som den helt visst i längden tjänar på. Att på något sätt låta bli att underlätta förståelsen genom utelämnande av diverse färgläggning är givetvis en dödssynd. Man måste ge alla beskrivningssätt en chans, och aldrig glömma att ge det fantastiska en chans. Annars förstår man inte på djupet. Och man förstår inte djupet på djupet.

Vi tar det också från början. Det första vi tänker ta reda på är då varifrån pistolen ursprungligen kom.

Jo så här var det, enligt vad vi fått höra och vet:

Roberts fulla namn var Robert O-son. Robert O-sons farfar, Olof Sven O-son, hade, som sagt, varit sjökapten, och en sådan i den starkt utsatta handels-flottan under andra världskriget på 1940-talet. Att vara på ett handelsfartyg under denna tid var stort sett lika farligt som att vara på ett stridsfartyg. Olof Sven O-son, eller OSO som han kallades, hade mot slutet av kriget fört befäl över en av de många fem- sextusen-tonnare som gått mellan Göteborg och Hull, i Eng-land, i lejdtrafik, huvudsakligen lastade med mat och motordelar. Man gick oftast i konvojer med en rätt blygsam eskort. Hans fartyg var ett av de få i konvo-jen, som skyddades av eskort ifrån brittiska marinen, vilket var ett klent försvar, med tanke på mängden av tyska ubåtar i Nordsjön och de talangfulla tyska kap-tener som fanns ombord på dessa, som med tiden blev legendariska. Stora delar av det svenska handelston-naget hamnade på havets botten, dels sönderskjutet av torpeder, dels sprängt av minor.

OSOs båt hade jättelika rödakorsflaggor målade över de båda kritvita fartygssidorna. Man förde alltså sårade soldater kors och tvärs mellan krigsskådeplat-ser och de krigförande länderna, ända till och från Grekland.

Ju längre kriget fortskred, desto mer ökade trycket på Sverige. Vi var visserligen neutrala, men man måste givetvis ändå även planera för en kommande tysk invasion. Neutraliteten var, som alla vet, snarare ett dubbelspel. Ett led i planeringen inför det tyska hotet innebar för svenska statsledningen och förvaltningen, att se till säkerhetsberedskapen för den på den tiden inte obetydliga guldreserven. Delar av denna, den yttersta garanten för rikets ekonomi och den svenska valutan, förvarades i bergrum i Norrland men troligen huvudsakligen i Karlsborg, Carl den XIV Johans gamla centralfästning. Tanken med centralfästningens värde kom via denne Bernadotte ända från Napoleon. Napoleon var geopolitiker. Större delen av guldet härbärgerades uppe i Boden, i Lappland, under Stella Borealis. Boden kom dock tidvis under kriget att exponeras på olika sätt närapå tätt under näsan på olika fientliga eller potentiellt fientliga makter.

Nu beslöt sig regeringen slutligen, efter stor tvekan, våren 1944, för att förflytta en del av guldreserven ifrån Karlsborg till, åtminstone som ett första steg, England. Man bedömde, som så många andra, att detta gamla örike var Europas säkraste plats, dels på grund av det geografiska läget, som just ö, dels på grund av att Storbritannien leddes av en så enveten och klok bulldogg, att inte bara hundsläktet här hade sin stora och eviga, klart lysande, humörfriska förebild och stjärna, men även för att Englands läge även i värsta tänkbara läge kunde erbjuda en god utskeppningsmöjlighet för att ta guldet till Amerika.

Per Albin Hansson, statsministern, en glad gamäng och enveten bowlare, lät en grupp sluga unga män, vars namn vi – gemene man - än i dag inte känner till, planera guldräddningsprojektet. Ett av dessa hel- och halvgenier tog, via en statssekreterare, kontakt med ett av de största i rederierna i Göteborg, och man planerade nu tillsammans med dettas ledningsgrupp (det hette inte så på den tiden) hur guldet skulle forslas över Nordsjön.

Det skulle enligt plan ske i trälårar, som såg ut att komma från Svenska Kullagerfabriken, SKF, föregivandes att dessa lårar innehöll motordelar, som kunde användas i t.ex. tvättmaskiner, men en stor del av innehållet i lårarna var alltså istället guld. Resten var flis eller träull i pappkartonger. Man sökte alltså maskera guldets relativa tyngd visavis det mycket lättare föregivna svenska stålet. Det vanliga innehållet i lårarna var givetvis vapendelar till engelsmännen.

Sen bad man då rederiet att välja ut en av sina kaptener, särskilt lämpad för uppdraget. Rederichefen, som var en av Sveriges mest driftiga män, uppstartare och ägare av ett flertal kommanditbolag m.m., hade, som alla goda affärsmän, en ingående kunskap om sina anställda. När han, jämte de geniala statliga projektmännen, sökte igenom ett fotoregister på rederiets kontor, ett väldigt grått stenkomplex med skulpturer i sten på fasaden, från vars direktionsfönster man kunde

se en hord av grönmålade lyftkranar vrida och vända
på sig, så föll direktörens blick på OSOs redliga an-
sikte i matrikeln. Denne, som varit rederiet trogen i
många år, befanns vara i hamn efter en nyss lyckligt
genomgången blindtarmsoperation på Sahlgrenska,
vilken dubbelt räddat hans liv. Båten han skulle fört
befäl över, medan man stack skalpellen i honom, låg
torpederad och söndersprängd en halvmil utanför
Vinga fyr. Den ligger där än idag. Man kallade såle-
des upp OSO till kontoret. Denne, som blivit utvald
delvis p.g.a. sitt ärliga utseende, men också för sin
omvittnade noggrannhet och sitt mod, studsade in i
rummet. Han undrade varför man kallat honom. Att
tala med rederiets chef under annat än rutinmässiga
former var en ovanlig händelse för skepparna. Det
formligen kryllade av underdirektörer i rederiaktiebo-
laget. Många av dessa direktörer var anställda för sin
goda mages och sin talförhets skull; de skulle alltså
helt enkelt supa blivande kunder under bordet. Med
dessa talade även kaptenerna ofta, om ingenting. Un-
derdirektörerna rapporterade sen om det var något
som oroade. Men med ett möte med rederichefen var
det något annat. OSO var en enkel man, ursprungligen
en skånsk bondpojke, med realexamen och styrmans-
och sjökaptensexamen, erhållna vid Navigationskolan
i Göteborg. Och nu var han dessutom också lite yr
efter operationen.

Rederichefen, statssekreteraren och den unge man-
nen från planeringsgruppen, som kallades *Master-*

mind, lade nu fram det hela, eller delar av det, för OSO. OSO behövdes, sade man helt förbluffande och utan omsvep, för att frakta svenska guldreserven till Hull. Ett antal lådor, femtio, skulle med tåg komma till Göteborg från Karlsborg, eskorterade av två vakter, utklädda till arbetare. Man sa så, "arbetare". Ty sådana fanns då. Vad som avsågs med begreppet var oklart, men alla visste vad det betydde. "Arbetare" var dåförtiden ett praktiskt begrepp. Lådorna skulle tas ombord, stämplade på sidorna med beteckningen "motordelar G22", och ingen ombord skulle veta om vad de innehöll, utom de båda arbetarna, d.v.s. agenterna, som skulle med på båten, anställda som extra kökspersonal, samt kapten OSO. Som nu båten, ett medelstort lastfartyg med fyra lastrum, var försedd med rödakorsflagg, så ökade möjligheten att den skulle nå fram till England, eftersom denna flagg ju, i den bästa av världar, skulle respekteras. I England skulle invigd militärpolis, även dessa försedda med beteckningen "G22", komma ombord och övervaka överlastningen av de femtio lådorna till en särskild järnvägsvagn. Den unge Mastermind, en lång man kring 25 med en smal mustasch, överräckte nu också en blåsvart metallåda till den väderbitne OSO. OSO var klädd i sin mörkblå kaptensuniform, en uniform som framför allt älskades av hans fru, som mer än med OSO gift sig med uniformen, som smet åt kring hans vältränade, gängliga kropp. De fyra revärerna

runt ärmarna glänste. Den blå skärmmössan med re-
derimärket fram bar han under armen, likt en soldat.

   -   Som en del i denna plan vill jag här överräcka
en pistol, sa Mastermind. Den är för det
första en riktig pistol. Den kan ni … (man
sade ”ni” till närapå alla på denna tiden, utom
möjligen till sina barn….) använda för att
skydda guldet. Men pistolen måste under alla
förhållanden bevaras, då den också på helt
andra sätt hänger samman med transporten.
Så är pistolen till som direkt skydd för liv och
lem, men den har också en mer, skall vi säga,
”symbolisk” betydelse. Eller en hemlig bety-
delse. En nyckelbetydelse. Den kan alltså inte
försäljas i Hull, av er, eller pantsättas av er
eller någon efter arbetets förhoppningsvis
lyckliga genomförande. Pistolen måste beva-
ras. Den är visserligen inte gjord av guld,
men inte långt därefrån.

   -   Jag förstår, sade OSO. Det där med förstå
gjorde han inte. Men begrep en order gjorde
han.

Han tog emot skrinet, samt öppnade det. Där låg nu
pistolen och glänste i sin blanka svärta. Den såg san-
nerligen dyr ut. Intill låg ett par praktfulla gulröda
kartonger med 20 patroner vardera i, sannolikt pas-
sande vapnet.

OSO hade i själva verket förstått vad som gick att
förstå. Och knappast alls missförstått något, givet den

information han fått. Det fanns inget att missförstå. Han skulle frakta guldet till England. Ha en pistol med sig, överlämna guldet till några omlastare, försedda med en liten tyglapp med beteckningen *G22*. Varför pistolen inte sedan kunde slängas i havet bekymrade sig inte OSO om, eftersom det fanns mycket allvarligare saker att oroa sig för här, torpeder och bomber och annat och eftersom han heller inte hade för vana att vare sig kasta pistoler i havet eller pantsätta dem.

Han var, trots sitt omvittnade mod, annars ganska bra på att oroa sig. Han oroade sig bland anat för sin nyfödde son Carl. Ett sällsynt stillsamt barn. Tyst rent av. Sådant oroar. Men på den tiden fanns inga bokstavsbarn. Möjligen sade mödrarna på BB eller KK till varandra att de fött ett "A-barn", en term som nuförtiden är fullständigt ute och passé. Ett A-barn var en kraftfull, ljushårig, svensk (!), frisk unge. Några B-barn fanns däremot inte. Några med ADHD eller ADD var det inte tal om. Korkade ungar fanns det ju däremot. Obildbara, och så såna som senare fick gå till sjöss.

För att göra en lång historia kort, vilket vi lovat, så genomförde OSO, "servitörerna" och G22-männen i England – som kanske var poliser, kanske inte - hela den affär som statsministern, redaren, statssekreteraren och Mastermind stegvis och noggrant planerat. Vissa av dem hade planerat en del, vissa en annan. Alla lådor kom över det farliga havet, till Hull, lastades av där, för vidare befordran till sin destination, och OSO bjöds vid hemkomsten till Göteborg på Lorensberg på kräftlunch av redaren. Denne, en lång, ståtlig man med kloka genomträngande blå ögon, med stora påsar under, och statssekreteraren och Mastermind välkomnade hjärtligt OSO. Man skrattade, åt, skämtade samt blinkade åt de åtta unga flickorna som, inlånade från Stora Teaterns balettkår, dansade – iklädda enbart plymer - obskyra danser på scen till ackompanjemang av en ensam flyhänt, leende pianist.

-    Jo, sade Mastermind och sträckte fram en smal, intellektuell och förfinad hand. Så var det pistolen?!

OSOs leende försvann mitt i en tugga på en kräftstjärt. Han hade börjat svettas rikligt och han lade långsamt ner stjärten.

Han skulle vara tvungen att medge, att allt inte hade gått exakt enligt planen. Han hade, sade han, med låg men fast röst, under det han såg ner på tallriken, ingen aning om vart pistolen tagit vägen. Han hade tagit hem den, lagt den i en byrålåda, den längst ner, bland kalsonger och rentvättade sockor som, prydligt ihoprullade, låg där. Men nästa dag var den borta. Han hade letat överallt. Han hade frågat sin fru, Ingeborg, om hon möjligen hade sett nån pistol, men allt utan resultat. Hon hade inte sett någon pistol, inte han, och några mer vuxna personer förekom inte i hemmet, ty det var ett mycket enkelt sjömanshem, poängterade OSO. Barnet låg i en vagga. Allt detta berättade han nu, på sitt ärliga och rättframma vis för trojkan, som

50

stod för fiolerna på denna tornbeprydda lyxkrog överst i Stigbergsbacken. Krogen såg stabil ut, men själva backen hade en gång i historien rasat ut i älven.

Högdjuren blev nu mycket upprörda och slet och drog i sina kragar, slängde cigarrerna och viftade med servetterna. Dansöserna ombads genast sluta dansa.

- Men Herre gud, sa OSO. Jag förstår inte detta! Pistoler finns det väl i överflöd? Det var ju bara en pistol? Visserligen då kanske med ett visst affektionsvärde, kanske likt Karl den XIIs värja. Men ändå?

De tre männen, som tycktes besitta lite mer kunskaper om det hela än OSO, drog sig nu snabbt tillbaka till ett litet vackert möblerat rökrum bakom ett skynke, med tygtryck på, föreställande gamla fyrtorn, för inbördes konsultationer. En dansös gläntade på ett annat draperi, som pryddes av skära storkar med oerhört smala halsar, och log mot den nu ensamme OSO. Denne såg otroligt bra ut, väderbiten och stark i sin uniform med de fyra revärerna. OSO var både lång, kraftig byggd och hade en viss allmänbildning.

- Vad tror ni? frågade Mastermind. Vad har idioten gjort med vapnet?

- Ingen aning, sa statssekreteraren. Inte den blekaste. Ja, vi kan ju knappast göra husrannsakan…

- Varför inte? frågade redaren, ståtlig som han var och en man med en väldig panna och djup röst, en man som nära nog dyrkades som en gud av OSO,

som på ett mycket tydligt och osunt sätt var svag
för auktoriteter.

- Det har med sakens natur att göra, svarade stats-
sekreteraren kort, i det han omärkligt utbytte en
blick med Mastermind. Denne var illröd i ansiktet,
vilket var något han hade svårt att dölja, och med
flit smulade han delvis därför sönder en smal ci-
garill i ett askfat av brons, som var prytt av en na-
ken kvinna i samma material och vars fötter för-
svann omärkligt ner i just detta material.

Nu började Redaren, den genomhygglige man, som
var ett bland de verkliga essen i Göteborgs och hale
landets näringsliv, att tveka om, huruvida han alls känt
till alla detaljerna i affären, och om alltihop verkligen
bar sundhetens prägel.   Han brukade ju känna till
allt, i lugnt väder som i storm, men här hade han helt
uppenbart förbisett något.

- Men vad *är det* med pistolen? röt han.

- Vi lämnar det! Allt är bra som det är, sade Per
Albins kabinettsman med en halvt religiös blick
upp i taket, därmed antydande att man i krigstid
var bunden vid den ekivoka maximen: "En svensk
tiger".

Mastermind nickade instämmande och log falskt,
hjärtligt och länge. Just väldigt långa leenden kan
ibland vara effektiva i övertalningssyfte.

- Asch, vi tar hand om saken, tillade också den
unge mannen från Kunglig Majestäts Kansli. Per
Albin tar hand om det.

Så lades saken åt sidan. OSO åkte från Lorensberg med spårvagnen hem till sin fru, som av misstag råkat svepa sina flanellpyjamasar runt lådan, patologiskt tankspridd som hon var. Efter en månad fann OSO lådan med pistolen i byrån mellan hennes blommiga nattlinnen.

OSO fann alltså pistolen, men, eftersom han tyckte att han hade blivit lite bryskt behandlad på Lorensberg, eller hur han nu tänkte, så såg han ingen anledning till att göra något annat, än att låta lådan med dess solida och respektingivande innehåll, en så vitt han begrep oanvänd pistol, ligga tryggt, än bland strumporna och än ibland under sängen, i en skokartong. Man kan ju tänka sig att varje pistol oroar varje innehavare. Förstås, det finns vissa märniskor som i vissa belägenheter känner sig trygga med pistoler. Så var inte fallet med OSO. Denne var troligen länge okunnig om, att pistolens själva mynning och främre del i själva verket utgjorde den sinnrika nyckel, som var enda ingången till ett bankvalv i Chicago, där det i mörkret vilade tjugofem lådor med guldtackor ifrån Karlsborg. Och helt okunnig om pistolens alternativa essens och vara såsom nyckel var garanterat Robert, som ärvt pistolen av sin far Carl, den besynnerlige, världsfrånvände allkonstnären, alla dessa många år senare, om dess värde. Och alltså även om dess historia. För Robert var det bara farfars pistol från kriget. Nog så häftigt, som han tänkte, lite fantasilöst. Bra att ha, också! Roberts far Carl befann sig på ett vilohem på Gran Canaria. Där hade han befunnit sig de senaste tio, femton åren.

==

Vare sig statssekreteraren eller mannen som kallades *Mastermind*, - som under sitt liv haft många positioner i stats- och rättsapparat - , som varit de stora tjuvarna, glömde förstås inte bort saken. De träffades då och då och talade om alla sina mystiska affärer och kupper som de genomfört under kriget, och bland dem *den stora guldkuppen*, som de ironiskt kallade den. De var nu båda – vid den tid då denna historia i huvudsak äger rum, där Robert är vår hjälte - över 90 år gamla, men de var pigga till kropp och själ.

- Var tror du pistolen tog vägen? undrade statsekreteraren, som gick under smeknamnet "Råttan", till sin vän Mastermind, som halvblind av grå starr satt och googlade på sin surfplatta i en fåtölj bredvid vännen i sin våning på Östermalm, i en åldrig gul tegelbyggnad alldeles intill Nybrovikens vågor. Byggnaden var härlig, majestätisk och över dess koppartak svepte tärnorna underligt långsamt.

- Inte en aning.

Allting dessa två sa till varandra hade en undermening. De kände varandra otroligt väl.

- Kanske kan man rota i det nu, när alltihop definitivt har kallnat? Det är ju gränslöst obehagligt att rota i saker, som kan misskreditera landet och försätta Röda Korset i vanrykte. Någon moral får man ha. Och hur vi än har letat, så har vi inget funnit.

- Här! sade Mastermind, och tittade upp från datorn. OSOs sonson bor i Göteborg. Vi behöver inte blanda in nån. Kanske har denne, - han heter Robert, vår pistol trots allt? I alla fall. Vi kunde ju inte hitta pistolen hos slarvern Carl O.. Men Carl hade ju å andra sidan så mycket konstigt för sig. Tänk bara på dessa konstutställningar med hästhuven! Ironiska saker! En liten målarfjant. En idiot! Precis som hans far! Jag kunde ju skicka Teofil Hallontank, som är en av mina specialister en supertalang på att leta. Kanske har pistolen överlevt? Personligen så skäms jag nästan över hur litet arv jag har att överlämna till min dotterdotter Letitia, särskilt om man ser till de briljanta planer som du och jag alltid utarbetat.

Här fick han ett hostanfall, som pågick i två minuter.

- Och hellre, fortsatte han, förresten, att Hallontank får guldet, än att en rivningsfirma eller ett försäkringsbolag i Chicago, eller - vilket är det mest troliga - att den amerikanska staten, att FED, får det, när valvet så småningom rivs. Dessutom kan ju guldet, osmält, spåras, det är märkt av Sveriges Riksbank, med tre kronor på, och lejon och allt, och vi kan ju till syvende och sist, som vi nu sagt i årtionden, utpekas som landsförrädare. Det är inte roligt, särskilt inte för Letitia.

- Jag ringer Hallontank, sa Råttan. Han får söka upp den där Robert. slog han fast, och lyfte mobilen. Han sneglade åt Mastermind till och sa:
- Det dräller av vapen i landet. Ingen märkvärdig sak detta. Staten hade, för inte så länge sen, en drive om detta. Hallontank har en gammal polisuniform vet jag. Han har skådespelartalang, ringer på och söker igenom lägenheten med falsk attest. Så gör vi! Hette han Robert?
- Just det. Robert O-son.

Råttan reste sig och gick på stela, ömmande ben fram till fönstret och skådade ut över Nybroviken. Han kunde se ända till Dramatiska Teatern. Var spelet slut snart för hans del? Åldern jagade honom. Han kände sig inte riktigt pigg. Han kände med ena handen i nacken. Kanske hade han elvan i nacken. Kanske tecknade de två senorna där bak talet strax före tolv. Snart var allting slut.

Så vackert Stockholm var! tänkte han.

KAPITEL ÅTTA.

Vari berättas om hur en ung dam i en villa på Särö ber en annan ung dam om hjälp i ett viktigt ärende, medan våren är i annalkande.

Med ett ljud som lät som från en trasig skottkärra svängde Livia in på Undines lilla grusparkering med sin skruttiga lilla Citroen. Inga taxibilar för henne inte. Hon älskade sin bil och den älskade nog tillbaka.

Mörkret hade fallit. Det var nu elva på kvällen. Livia hoppade ur, och, iklädd jeans, svart t-shirt och svartvitrandig långtröja, slet hon med sig sin Gucci handväska och en ask med light-cigarretter och sprang upp på Undines trapp upp till den lilla eleganta enplansvillans ytterdörr. Från havet hördes vågsvallet i ett stilla, dovt brus. Vågorna vällde, kanske i sjutakt, in mot stranden, fräste lite då och då. Sjönk undan och vällde upp igen. En hund skällde långt bort. I mörkret syntes husets fönster bjärt upplysta. Vinden var nu kall.

De två kvinnorna satte mitt emot varann i Undines jättelika kombinerade ljusa vardagsrum och arbetsrum. Livia i soffan och Undine i en fåtölj. Flauberts böcker, praktbanden, arbetsbordet och datorn stod i rummets centrum, soffgruppen vid panoramafönstret. Med var sin kaffekopp framför sig, som Undine redan innan väninnan kommit gjort klara, bad Undine Livia berätta vad som hade hänt.

- Ja herre gud, du förstår, vi skulle ner till *Toodeloo* för kvällen, förra fredan för att dansa, Elin, Tessan, … hon Nageltessan…, och jag, och så var då Patrik där, vi hade bestämt…..

- Vaddå?

- Patrik och jag skulle gå därifrån sen, hem till mig. Du vet Patrik, han med Lexusen, stenrik och villa utanför New York … Men du vet, jag hade ju liksom sällskap med den där Ro-

bert, han som släpar benet lite liksom. Han
den mörke…

- Jag kommer ihåg Robert.

- Ja. Jag tyckte han var ju gullig. Jag tycker …

Livia såg sig runt om och blicken fastnade på en
litografi av Klimt. Ett myller av grälla färger och mitt
i alltihop ett kvinnoansikte. Lättjefullt ansikte. Lu-
tande. Slutna ögon. Tänk om allting hade varit lika
enkelt som ett bilder på en vägg! Varför kunde inte
allt vara bilder, livet som ett galleri? Som tavlor som
samspråkade? Som tavlor på ett galleri. Men hon
tyckte inte om Klimt.

- Robert lurade iväg mig till baren där på klub-
  ben. Sen, … och sa sen, att han ville följa
  med hem. fortsatte Livia med smattrande
  tunga. Han sa att han älskade mig. Typiskt.
  Att bara han fick vara md mig så spelade
  inget annat någon roll. Så där, sa han. Han
  lämnade mig till och med ett litet brev. Jag
  sa, att jag inte kunde, för jag hade lovat Pa-
  trik. Ikväll. Rakt av, sa jag. Lite för att retas
  och eller jag vet inte vad. Också för att visa
  att jag var mån om mig själv. Jag tänkte
  kanske inte. Jag var väl… Och Patriks förra
  var där. Eller nuvarande. Eller så. Du vet
  hon, Shanghai, kinesiskan som dansar så bra.
  Hon med bena.

Livia lyfte upp kaffekoppen, på vilken det med stora
vita bokstäver mot blå bakgrund stod "Queen", och

58

tog en stor klunk. Kaffet var spetsat med kakao. Hon
satte i halsen.

- Var e din hund, förresten? hostade hon. Små
  droppar av kaffe satt på hennes lilla brun-
  brända, spetsiga haka. Det var en enveten
  haka.

- Den drunkande, sa Undine lakoniskt, fast det
  hela besvärade henne, under spänd förväntan
  på fortsättningen på det Livia berättade.

- Ja i alla fall. Nu kommer det hemska. … Hur
  dog hunden sa du? Drunknade? Den kunde
  väl inte simma som den såg ut? Så gammal
  som den va. Vad skulle den i vattnet för?

- Nä, den FÖLL i! Och försvann. Vid bryggan.
  Kan vi lämna det. Jag hatade den hunden.
  Den påminde mig om …

Undine var nu otålig. I Undines inre tornade modern
plötsligt upp sig, sträng. Livia fortsatte, nu mer be-
stämt:

  – I alla fall. När Patrik, Shanghai och jag då
  sen tog Lexusen hem och gick in och lade oss
  så anade jag inte. Du förstår: jag hade typ
  gett Robert en nyckel. Inte då alltså. Men för
  längesen. När vi var ihop. Förra året. Jag
  hade glömt det, att han hade, faktiskt hade, en
  nyckel.

  – Var han alltså där? Satt han där och vän-
  tade? frågade Undine och det ryckte i ena lå-
  ret, medan hon knep ihop ansiktet och kisade

för att i förväg försöka lura ut var problemet fanns. Hon hade ju forskarnatur.

– Nänä. Vi gick och la oss. Alla vi tre som nyss kommit. Vi har gjort så förut. Patrik hade med sig rosor. Han är ju tät. Hur tät som helst. Vi strödde dom på sängen. Röda, i massor. I schok. Sen tog vi av oss allihop. Han trädde mina trosor runt ansiktet på mig. Och Shanghai satte vi hundkoppel på ... och vi korkade upp.

– Men vad hände?? skrek Undine och hoppade irriterat till i fåtöljen, en sko flög av och gled över parkettgolvet mot tegelfundamentet på den öppna spisen och välte där omkull stället med eldgaffeln. Alltihop brakade i golvet med ett förfärligt oväsen.

– För att säga det kort. Vi gjorde det på alla möjliga sätt och somnade sen, efter vi släckt ljuset. Jag har ju en stor jädra dubbelsäng. Där däckade vi. Patrik somnade som en stock, men jag var snart vaken igen. Shanghai låg vi fot-ändan, som död, och då hörde jag ett snörvlande ljud från under sängen. Jag blev helt konfys, tände lampan, klev upp, kikade, och där under låg Robert, av alla, och sov alltså, *med en ... pistol bredvid sig.*

Undines ansikte blev blekt.

- Sköt han? frågade hon, dumt.

- Jag väckte först Patrik. Jag hade ju en galning i huset. Då vaknade Robert. Sen i alla fall. Alla vaknade förstås. Vi stod sen i rummet alltså efter en del spring och skrik. Patrik, Shanghai, som grät, och Robert och jag och alla vrålade. Alla skrek och pekade. Patrik var naken, Robert hade pistillen i handen och jag var naken med. Pistolen alltså menar jag. Rosor överallt. Vi ringer polisen, sa vi. Patrik började skratta. Han frågade Robert, om han tänkte skjuta oss. Då sa Robert, efter en blick på oss tre, att det skulle han, och sen stack han. Ut genom dörren. Antagligen - här stockade sig orden för Livia, vars ansikte nu syntes blekt under fräknarna och hennes bröst, hela hon svettades-, antagligen sprang han ända hem! En mil eller så. Han e hysterisk.

- En riktig pistol? frågade Undine, som nu backade från en tidigare hypotes och snodde in båda händerna i sitt långa halsband så att det sprack och alltihop föll ut på golvet med ett skrammel.

Livia svarade inte. Hon nickade. Efter en stund sa hon:

- Man såg att han var rädd för den.
- För pistolen? Undine hade sparkat det som var helt av halsbandet till ett annat hörn i rummet. Men kulor låg här och där.

- Ja. Han hade inte hållt i den så, om den inte var laddad. Som om han höll i en bomb alltså. Så var det.

Undine tog ett gigantiskt andetag. Lät luften fara först in och sen ut med en väsning. Sen satt de båda unga kvinnorna tysta i flera minuter. Nattvinden slet i takpannorna. En liten uv eller en duva hördes på avstånd. En hasp i ett fönster gned mot fönsterblecket, rytmiskt. Av och an. Av och an. Tills den plötsligt slutade låta. Långt borta ljudet från havet.

- Robert är inte klok, sa hon, strykande sin överarm. Ringde ni polisen då?

- Nä, jag bad dom andra att vi inte skulle. Robban kunde ju skada andra, eller bli skjuten själv. Sådant händer ju. Polisen e rädda. Jag skulle ordna alltihop sa jag. Lugnt och stilla. För som jag sa: det var ju mitt fel. Helt. Med nyckeln och allt

Ja, så kan man ju se det, tänkte Undine och kände sig alldeles för varm.

- Så det är läget nu då? frågade hon sen, medan hon kände lite gråt i halsen – troligen av avund, typisk för henne när hon var med Livia, den blodfulla och samtidigt för att hon kände, att hon inte alls kunde trösta Livia för att hon hamnat i situationen. Hon ville bli tröstad själv. Undine kände sig ensammast i världen och önskade nästan att hon hade haft en pistol. Och särskilt nån att skrämma med den.

Undine hade ingen erfarenhet av att t.ex. trösta sig med syntetiska kemiska substanser. Hon var van att trösta sig med diverse förträngningar. Och sublimeringar. Och bokstäver.

Livia såg tyst ut i kvällningen, ut mot havet. Hon var lite lugnare nu.

KAPITEL NIO.

Här får vi reda på något om Roberts problemlösningsmetoder samt finner ut att han har en vän.

Efter det Robert sett pistolen falla ner i Marettas balkonglåda hade han gått in till sin lägenhet, stängt balkongdörren och åter satt sig i sin soffa. Ett intensivt funderande startade upp under den mörka kalufsen.

Så dumt att ha en pistol hemma! Så himla dumt! Om man tänker sig en normal människa, eller en normal familj, och att det finns ett vapen liggandes, antingen en pistol, en längre, skarpslipad indiankniv med skåra i eller en smal värja från napoleonkrigen, så kommer det ju, när det dyker upp en konflikt, alltid vara så att man i varje trängt läge funderar på, om inte lösningen finns i just att ta fram det ena eller andra vapnet. Alla kommer alltid ihåg att de har ett vapen hemma, - om de har ett vapen hemma. Även om man sover, eller e döfull. Det lyser i eldskrift i sinnet, i vakenhet som i dröm, detta reella faktum att PISTOLEN FINNS.

Det var djupt mänskligt. För människan presenterade vapnet, eller pennan, eller handhavandet av häst, eller något annat djur, just en naturlig förlängning av henne själv. Ty människan var en handhavare. Genom handen styrde hon världen. Och delvis just genom vapen, varav just distansvapen var något av det mest oregerliga man kunde skaffa och fylla byrålådorna eller väggarna med. Att han aldrig någonsin hade reflekterat över detta med pistolen!? Det illistiga med just pistoler. Men så var det kanske, särskilt när man vuxit upp med att den alltid fanns. Att den låg där, med sina patroner bredvid, i en plåtlåda. Och själva pistolen blev aldrig riktigt hemma. Den luktade alltid främmande. Den hade en skarp lukt, som inga kalsonger eller strumpor i världen kunde avlocka den, hur länge den än låg i en sådan klädlåda! Pistolen var faran själv! Den var det som kunde orsaka blod och död i ett förvirrat ögonblick, och sända brukaren till ett liv i fängelse i evigheters evigheter. Pistolen var döden. Det var mest i förvirrade ögonblick som en pistol användes. Det var bara så. Den användes väldigt sällan när vettet var hemma. Den som först konstruerat pistoler var död. Men han hade lämnat efter sig miljoner pistoler. Troligen mer än en miljard!

Man skulle definitivt aldrig ha pistoler hemma, tänkte Robert. De var sannerligen lätta att ta till. Svåra att bli av med.

Men. Och här vände nu resonemanget: Hur skulle han nu få tag i pistolen? HAN hade ju ansvar.

Marettas balkong. Alla i huset kände något till Maretta. Hon var inte någon som gick någon oförmärkt förbi. Hon pratade ofta med folk när hon gick och handlade. Helst folk som hade djur. Hundar eller så. Ofta pratade hon om ekonomi i tobaksaffären. Hon rökte, Marlborough, och ofta var hon utan pengar. Hon lånade av alla, och kunde prata sig ur både skulder och annat. Periodvis blev hon oerhört psykiskt dålig. Ibland åkte hon in på psykiatrisk avdelning. Då skötte en väninna, en lång, mörk kvinna med sanslöst vacker stjärt vid namn Mia Regelhjielm, bostaden och räkningarna.

När hon kom åter ifrån besöken på kliniken, dessa sejourer vilka med åren blivit kortare, eftersom vårdplatserna successivt skurits ner, var hon i allmänhet lite avtrubbad, men såg givetvis fräschare ut. Hon rörde sig lite långsammare och hon drack efter sejourerna på kliniken mycket mer vin, och skrev ett tag i mindre utsträckning poesi.

Detta med poesin kände Robert inte till, men väl nästan allt annat om hennes umgänge, hennes sjukdom, hennes drogvanor och hennes skulder. Ty hon var ju helt offentlig med allt detta. Det ingick i hennes livsspel att vara offentlig med det. Poesin var mer privat. Att vara privat med poesin ingick inte i något spel, men var en del av det i Marettas liv som stod utanför varje spel.

Maretta hade sällan besök. Det var nog bara Mia som släpptes in. Kanske också nån gammal vän från psyket som råkat överleva, av en slump. Robert hade vid ett tillfälle när han passerat Marettas lägenhet i trapphuset fått en glimt i dörrspringan av Marettas lägenhet, just som hon hade varit och handlat mat, vilket bestod av enkla saker, som färdigmat, öl och bröd. Han hade sett röran och smutsen och ryst lite vid åsynen och sedan åter vid tanken på hur hon levde och hade det.

Och, nu, tänkte Robert, nu hade hon dessutom en laddad pistol i sin balkonglåda! Utan att veta om det. Hur i all sin dar skulle man få tag i den? Robert tog fram ett papper från en låda under datorn – den låda han tagit fram ett papper som han skrivit brev till Livia på - och lå det på soffbordet framför sig. Han antecknade nu, med en Bic, olika möjliga strategier. I punktform.

1. Själv fiska upp den med metkrok eller magnet eller drönare.

2. Själv gå ner, knacka på och be att hon skulle hämta den ur balkonglådan.

3. Själv gå ner, be att få gå in och hämta den.

4. Skicka någon annan, som knackade på, och bad att få hämta den.

5. Lura ut Maretta, och sen själv bryta sig in och hämta den.

6. Slänga en liten bomb på hennes balkong nerifrån gatan och låta polisen komma och hitta pistolen.

7. Kidnappa Maretta, låsa in henne i källaren, och sen gå in i hennes lägenhet med hennes nyckel och ta pistolen.

8. Prata med Maretta på gatan och berätta allt, och vackert be om att få gå in och hämta pistolen.

9. Prata med Maretta, bli hennes vän, följa med henne hem och sen plötsligt smyga ut på balkongen och ta pistolen.

10. Tala med hennes långa väninna - Mia - och be henne att, för 500:- , smuggla ut pistolen till honom.

11. Låta pistolen ligga. Där den låg. Om M. lever tillräckligt länge, och hon skulle leva i evighet, så kommer pistolen att rosta igen och bli ofarlig. *Hon kommer aldrig att odla nåt i den balkonglådan.*

Detta var vad Robert lyckades hitta på. Lustfullt metodiskt hade han nu antecknat vad han skulle kunna göra åt det hela. Han var riktigt skakis. Han var skakis på riktigt. Överarmarna kändes lösa och tomma. Han visste ju heller inte vad Livia eller för den delen denne Patrik, killen med Lexusen, skulle göra.

Det väsentliga med pistolen var ju, tänkte Robert, att ingen oskyldig kom till skada. Ty det var nu så, att Robert hade ett enormt starkt överjag, och ett moraliskt patos, som antagligen inte hade sin like i hela stadsdelen. Om någon, allra värst ett barn, kom till skada, då var ju himmelen svart, och livet inte värt att leva och helvetets dörrar öppnade på vid gavel. Med Maretta kunde man inte räkna. Hon var inte tillräknelig. Men det var ju han, Robert. Åtminstone än så länge. Därför måste pistolen hämtas på något vis. Inget alternativ var ju bra. Kanske att bli vän med Maretta var det som var bäst. Men givetvis jobbigt. Särskilt om hon skulle komma på, att hon hade blivit utnyttjad. Usch alltså! Robert reste sig från sin soffa och gick fram och tillbaka i rummet. Kanske kunde man ringa Siegbert. Denne gamle vän hade ju en enastående begåvning. Smale, snälle Siegbert var ett snille. Men först måste han ta en promenad i kvällningen. Promenaden var livets andning.

Undra hur det gick för henne med spanieln då, hon den där stackars Gottfalksson, som fallit så olyckligt vid Audin? Av någon anledning viste alla vad hon hette, trots att nästan ingen talat med henne. Kanske just därför. Robert tog på sig en gammal duffel och sina svarta läderboots för att ta en sväng åtminstone runt huset. Han slängde en snabb blick på klockan som nu var 10.22.. I morgon, tisdag, skulle han bjuda hem Siegbert. Vännen var alltid ledig, då han studerade på Universitet något med miljö och ekologi, och han skrev bara lite när tyckte, på sin avhandling.

KAPITEL TIO.

I vilket vi introduceras till en viss Teofil. Det sägs sällan att det är namnet som gör oss till dem vi är. Det är sällan man möter en människa som har alla världens begåvningar. Sällan är det också man diskuterar de svårigheter som den ställs inför, som har möjlighet att göra nästan precis vad som helst, tack vare att hen är så överrikt utrustad av Naturen.

Teofil Hallontank motionerade omkring vid sin sommarstuga vid sjön Mjörn, på västsvenska höglandet, så gott hans vrickade ankel och kryckorna tillät. Han hade halkat vid en andjakt och alltså gjort sig illa. Han älskade naturen, - det gör vi väl alla, det är bara det att vi definierar den så olika - och njöt av sitt sommarställe, en liten stuga han hade fått av några uppdragsgivare i femtioårspresent. Han hade många, många uppdragsgivare, och var känd bland flera ytterst välbärgade män både i Göteborg och i huvudstaden som en man som billigt och diskret utförde allehanda besvärliga uppdrag, uppdrag som inbegrep hårda metoder, utan att man därför begick allvarligare brott, men bara ställde "saker och ting till rätta", "förenklade" vissa tvister, reducerade procedurer till ett minimum, och så vidare, och så vidare. Teofil, som ursprungligen kom från så kallat enkla förhållanden, och vars föräldrar kom från Sarajevo, hade börjat som brandman, sedan blivit FN-soldat, sedan datanörd, sedan polis, sedan psykolog, sedan privatdetektiv, sedan börshaj och var nu alltiallo åt dem som betalade mest. Han tog sig an bra mycket, och allt var då inte helt lagligt. Han skrattade ibland åt sina uppdragsgivare. Detta gjorde att några dragit tillbaka sina tjänster. Hallontank hade ett utmärkt intellekt, och de som kände honom sa om honom att han tillhörde den lilla grupp människor som kan lära sig vad som helst.

Han visste med sig att han var begåvad, men hade i sin tur den smärtsamma erfarenheten av att ha mött massor med människor, varav han inte ansåg någon vara något större snille. Han visste att han själv inte var något extremt snille. Men hade lätt för sig och lätt att skapa metod.

Ni ser alltså bilden framför er av en självsäker, helt illusionsfri man, som hade en platt syn på världen. En spade var för honom en spade. Därmed inte sagt, att inte Teofil insåg att man med "spade" kunde mena något helt annat än "spade". Att man menade något annat med spade än spade, det var också en spade.

Men Teofil var ensam. I hela sitt liv, genom alla yrken och alla äventyr och uppdrag hade han aldrig kunnat skaffa någon vän. Faktiskt hade han haft en vän, Erik, i skolan, när han var 12 år, och denne hade han långt senare letat efter. Det befanns att denne Erik var död. Han hade dörr under en simtur på sin 20-årsdag. När Teofil fann ut detta insåg han sin ensamhet.

Teofil hade nu – hur som helst - fått ett samtal från Mastermind. Denne hade meddelat att man sökte en pistol, en gammal Colt. Saken var viktig. Varför meddelades ej. Allt var synnerligen brådskande. Det hade det alltid varit när det var fråga om Masterminds affärer. Hallontank böjde på sitt ben och prövade den onda foten mot gräsmattan medan han spanade ut över sjön, i vars mitt det låg diverse små öar. Vid öarna fanns bryggor och vid bryggorna båtar. Folk bodde därute. Folk i gemen hade det gott ställt. Molnen låg tunga och grå denna dag över nejden, och solen hade svårt att nå ner med sina olika strålar. Hallontank vek upp kragen med ena handen medan den andra samlade han ihop kryckorna. Så satte han sig ner med ett knak på en ranglig trädgårdsstol invid sin stuga. Fram med maskeraddräkten! Men inte kunde han komma till stan i polisuniform och med kryckor? Det var troligen förbjudet i reglementet för poliser att uppträda med kryckor. Han funderade över detta, samt över möjligheten att montera in en avfyrningsutrustning i en krycka.

För Mastermind fanns dock ingen möjlighet att godta invändningar om indisponibilitet. Han var en hårding. Alltså reste sig den kommenderade upp och begav sig linkandes till sitt garage, i vilket fanns ett skåp med diverse kläder, bland annat en gammal polisuniform.

Han hade onda aningar. Ändå tycktes alltihop väldigt lätt. Han skulle besöka en ung man, en ung man som varit allmänbibliotekarie men som sadlat om och blivit flyttgubbe! Att ta sig an en sådan människa var ju ingenting. *Piece of shit!* Men det är klart. Allt kan ju krångla till sig … Jaja. Skulle han greja det hela ensam? Det verkade ju enkelt. Ja, han gjorde det ensam. Och på kryckor. Eller haltandes. Teofil visste hur man skulle ta folk. Men varför uniform? Ja, jaja. Det skulle ju förenkla det hela. Man kom in överallt. Och som sport. Det kunde bli en rolig historia av det också!

Han skulle åka in till Göteborg i morgon onsdag och fixa det. I kväll skulle han lägga sig och läsa. Han läste en kurs i mikrobiologi. För att bilda sig. Hallontank var en udda karl. Hans själ var enkel. Troligen var han i viss mening kvar i sin barndom.

KAPITEL ELVA.

I vilket Robert och Sigge överlägger.

Robert ringde först på onsdagen, efter det knegiga men högt älskade jobbet på flyttfirman på Hisingen, vid 18-tiden upp Siegbert.

Denne kunde tänka sig att dyka upp vid 19-tiden. Sigge var alltid sugen på att prata. Han var nyfiken, och hade sagt att det var tråkigt att det var något allvarligt. Den empatiske Siegbert blev dock lugnad när han hörde, att det i alla fall inte gällde Roberts hälsa.

Mellantiden tillbringade Robert vid laptopen, googlande och *facebook*-ande. Han betraktade för miljonte gången Livias sida på fejan, och sög åt sig varje uns av hennes skönhet i bilderna på henne. De var inte *facebook*-vänner. Man var inte fb-vän med någon så underbar. Då kunde man ju inte sova om nätterna. Maretta fanns inte på *facebook*. Hon fanns knappt alls på nätet. Utom på Eniro.

Robert hade idag återigen på musiken från *Spotify*. Nu var det Bob Dylan. En låt från 1970-talet svepte genom rummet från UBL-vägghögtalarna. *All along the watchtower*.

Robert, som vuxit upp i en familj där fadern ofta var frånvarande, och där modern var en blek skugga, och hos Robert fick sökandet efter trygghet för egen del ofta stå tillbaka. Musik var trygghet.

Sigge knackade på ytterdörren och Robert släppte in honom. Sigge var smal och hade en tunn jacka på. Han hängde av sig och tassade in. Hans vakna blick tog diskret in all information; han kände av vibrationerna och frågade, under det han satte sig ytterst på en fåtöljkant:

- Vad har hänt då?

Robert suckade och sa:

- Vad skönt att få berätta för nån!

Sen berättade han utan omsvep om besöket på *Toodeloo*, om hur han förföljt Livia där och sen gått hem, hämtat den olycksaliga pistolen, för att försöka få henne förstå hur desperat mycket han älskade henne. Han hade velat att hon skulle kommit hem ensam. Idiotiskt alltihop. Om hur Livia kommit hem och startat ett sexparty. Hur han känt sig yr och plötsligt hade allt blivit svart. Han hade svimmat av anspänningen. Sen hade han vaknat av att Livia, naken, skrek åt honom under sängen. Han hade rullat fram, flugit upp, blivit utskälld av Tobias och sen tagit till flykten. Sen hade han nu bara väntat på polisen, men sen råkat tappa vapnet till en balkong under. Det var det hela. Kunde nu Sigge komma på någon bra idé. Han kunde inte hjälpa att han var så kär i Livia.

Sigge betraktade Robert. Blicken var varm och vänlig, som alltid, men snart förvandlades han till den teoretiker han innerst inne var.

- Jag visste inte att du ägde en pistol. Det gäller alltså dels pistolen, dels Livia? frågade han med stadig och aningen skarp röst.

- Jepp, sa Robban, som nu såg ner i golvet, där en blek mönstrad matta nu blev granskad längs med ränderna och hejdades vid varje imperfektion. Mattan var i själva verket byggd för att vara imperfekt.

- Berätta om Maretta! Allt du vet, i princip!

Robert tog ett djupt andetag, såg upp i taket och tänkte efter. Sedan berättade han så utförligt som möjligt allt han visste om henne. Om hennes ensamma liv, om inläggningar, tabletter, alkohol, om hennes väninna, om skulder och om den stökiga lägenheten. Sedan satt han tyst och såg på Sigge, som nu såg bekymrad ut.

- Ja, alla andra i huset hade väl varit lättare att handskas med, sa han.

- Ja, medgav Robert. Det är därför jag behöver råd. Hade helst sluppit att berätta om det här för nån, ju. Jag har gjort en lista på de möjliga scenariorna, om du vill se?

Sigge nickade och fick papperet med punktalternativen, som han studerade noga.

- Att inte göra någonting alls går bort meddetsamma, sa Sigge snabbt.

Sen satt då Robert och Siegbert till klockan två på natten och gick igenom alla alternativen. Allihop kunde misslyckas. En del var klart bättre än andra. Men man kunde dock till slut inte besluta nånting. Sigge var, när allt kom om kring en bättre analytiker och strateg än dedikerad själva beslutets och agerandets konst. När Sigge skulle gå var de båda vännerna alldeles utpumpade. De beslöt att höras av nästa kväll.

Känslan som samtalet lämnade efter sig liknade betänkligt den efter en debatt om miljöarbete. Men Robert och Sigge hade kommit varann ännu närmare än förut.

KAPITEL TOLV.

Här får vi nu inblick i en poets liv, - och vi blir nu varse, att ett sådant liv, med nödvändighet, är väldigt annorlunda mot andra liv.

Maretta hade satt sig framför tv:n, en gammal bull-tv, efter att ha haft ett långt samtal med Mia. De hade, som de brukade, talat om gamla tiders fester, om folk de hade känt, och skrattat åt hur korkade människor i allmänhet var, samt hur underbara de böcker var som de just läste. De läste båda mycket. Maretta mer, ty hon var ju förstidspensionär. Mia läste lite mindre, då hon jobbade som socialsekreterare i Bergsjön. Hon var socionom. Maretta kunde inte sitta still framför apparaten, som var så gammal att den börjat lukta bränt. Hon längtade efter någon bedövande substans, helst en kraftig. I likhet med den kända skaldinnan Kristina Lugn, som Maretta beundrade vådligt, hade Maretta tidigt råkat få sin oro lindrad tidigt i livet genom *Librium*. Denna substans fanns inte längre att på världs vis få tag i. Den hade i alla fall utgått ur sortimentet i Sverige. Allt Maretta gjorde var som i ett dunkelt minne av hur fint livet var med ... *Librium*. Så irrade hon nu åter omkring i den lägenhet hon levt femton år i och sökte den bästa möjliga tabletten eller tablettkombinationen som på något sätt kunde ersätta en redig *Librium*. I garderoben hade hon tre urblekta ICA-påsar, som i sig var trasiga, med tabletter, tablettburkar och lösa kartor, en del bara flisor av kartor, med olika tabletter. Många mediciner var gamla och utgångna. Vissa tabletter hade till och med spruckit av ålder. De var alltså svartkrakelerade. Hon tittade lystet i vrårna i garderoben, med hjälp av skenet från en ficklampa. Hon andades tungt och sökte tyst och länge. Såg på tablett efter tablett, burk efter burk. När Mia någon gång hade påpekat att hon inte hade någon distans till detta letande, och att alltihop var galet och livsfarligt, log hon bara och medgav detta.

Det ljusröda håret – som var nästan gult - hängde stripigt och fett. Maretta hade en livlig mimik, ofta hade ett bitskt uttryck, men nästan alltid var munnen halvöppen, på ett sätt så att hennes ande skulle kunna kommunicera fritt med luften utanför utan att behöva bekymra sig om ansiktets öppning eller stängning. En sådan halvöppen mun sågs förr i tiden som ett tecken på idioti. Hon tycktes alltid inbegripen med att andas. ”Ett andetag djupt är livet.”, som diktaren och knarkaren Paul Andersson skrev.

Maretta hade ingen självförståelse, och inget intresse av att skaffa någon. Hon var ett naturligt medium, eller ett onaturligt, ett medierat medium. Med detta kan vi här mena, att hon på ett omedelbart och kraftfullt sätt processade sin verklighet och sina känslor, och såg till att de utan vidare spisning blev till

poesi. En gång nerkastade på ett papper var dessa
Marettas rader orubbliga. Inte förr dock. Hon ägnade
dem inte en tanke efter det var nedskrivna. Sen vän-
tade nämligen nästa rader på att skrivas. Ja, hennes
intresse för poesi var, som sagt, till den grad naturligt
och oreflekterat att hon inte kunde skilja den poesi
hon själv skrivit ner på sina lösa blad eller i sina an-
teckningsböcker, inköpta i Pressbyrån, från de dikter
hon kopierat in på bladen och in i dessa små häften.
Hon skilde inte på poesi av andra och sin egen. Hon
såg inte någon skillnad på poesi och poesi. Hon levde
i den vackra värld där allt vackert är vackert, om det
nu än är skapat med *Librium* eller utan, med rödvin
eller utan, om dess skapare är död eller levande, om
han eller hon eller vem det än är frågan om är från
antikens Lesbos eller från Göteborg.

Det som allting filtrerades genom, den imaginära
hinna av celluloid som hon betraktade tillvaron genom
bestod av kärlekens och närhetens lätta slöjor. Ingen-
ting i hennes diktning avslöjade någon som helst för-
skrivning till det rätta eller rättvisa. Nej, det räckte
med det individuellt åtrådda, åtrån, den djupa, letande,
saliga. Kärleken rasade, vid blotta åsynen av hennes
poem, ner över läsaren som ett brustet tak. Det fanns
alls inget skydd. Om någon skulle fråga efter det
Rätta, eller efter Sanningen, så blev svaret alltid något
av en ny ros, en röd, som besteg en annan. Eller en ny
himmel som välvde sig över en annan himmel.

Bakom Marettas breda panna, och ovan hennes buckliga näsa, under luggen, där fanns det en hel och en för allom okänd värld, som bara var tillgänglig på det där märkliga viset, i poesin. Den uppkom och avslöjades genom dessa rader som var nedskrivna medan hon satt på huk vid soffbordet i pauser mellan tablettsöken och vinhinkandet. Ack, om nu dagens offentligt verkande poeter bara haft ett uns av denna oförblommerade fräckhet att kunna, så lättsinnigt, blott *idka* poesi, och ingenting däröver orda eller förklara!

Mia tjatade bryskt och kärleksfullt ofta på Maretta om att hon borde publicera sina dikter. Maretta var dock aldrig tillräckligt koncentrerad för att förmå sig att sätta ihop en samling. Sen var det ju konstant problemet och svårigheten med att identifiera och sortera ut de dikter som hon inte alls själv hade skrivit, men var verk av Södergran, Sapfo och Dickinson, dikter hon skrivit av för att hon tyckte om dem.

Denna natt rotade nu Maretta efter medel att dels må bra på, dels sova på. En roman av Stephen King, en av hennes favoritförfattare, låg uppslagen invid sängen, en obäddad, kolossalt mjuk säng med en mängd madrasser i. Maretta var trött, men det var svårt även för tröttheten att hejda hennes energi. Hon stirrade nu på en förpackning med vita och en med gula, mycket små piller. Efter att ha tvekat en stund tog hon två av varje sort. Hon brukade alltså inte må dåligt av ens de mest egendomliga kombinationer av tabletter. Mest spydde hon på vin. Hennes konstitution var närmast lik hästens, alligatorns eller vattenbuffelns i detta av seende.

Dessutom var hon lite intresserad av om man skrev ännu bättre på piller. Något djupare intresse för att experimentera i mer systematisk form fanns dock inte. Hon var heller inte alls fast i att experimentera med sig själv, i något slags betydelse av upptäcktfärd i psyket. Hon ville alltså till exempel inte veta, vad man skulle kunna hitta för psykiska centra som främst styrdes av tabletten i fråga. Det gällde mest de omedelbara verkningarna. Inte kunskap, men mycket hellre skönhet. Hon hade varit missbrukare sen hon var 13. En föreståndare på en avdelning på ett litet mentalsjukhus i Skåne hade tidigt gett henne stark medicin mot oro.

Marettas mor, en kvinna, ständigt sjuk i sina ben, men med ett knipskarpt intellekt – hon hade läst teoretisk fysik i sin ungdom, men aldrig arbetat inom området - och en vass tunga, hade dolt identiteten på dotterns verklige far, som ständigt var på resor ute i världen och skrev reseskildringar från Fiji och Marquesasöarna, men aldrig någonsin besökte sin dotter. När hon fann ut vem han var, och läst något av vad han skrivit, så förlorade hon totalt intresset för honom, och sökte aldrig efter denne. Vad hon funnit i hans böcker sa hon inte.

Nu rev Maretta ut ännu en låda, misstänkt för tablettinnehåll, ur klädkammaren och ut i hallen, där hon, med foten (!), välte den upp och ner, så att innehållet skramlande föll ut på trasmattan. Klockan var två på natten. Det var onsdag. Inget som Maretta visste om. Inte mycket talade för att hon skulle finna någon *Librium*. Det var heller inte så, att Maretta trodde på *det absurda*. Hon trodde inte på någonting mer än på kärleken och litteraturen. Fast hon formulerade sig ju inte i trosfrågor. Men så var det alltså, och det tål att upprepas: hängivenheten var hennes omedvetna religion. Subjektiviteten var för henne den sanning hon inte kände till något om, annat än intuitivt. Hela sitt liv hade Maretta undvikit resonemangets form. Om någon verkade vilja starta ett resonemang, så föll ögonlocken ner en bit över hennes gråblå ögon och de grumlades något. Nästan skelade. Sen fann hon snillrikt en för just det särskilda tillfället och ämnet särskilt lämplig avledningsmanöver. Således hade hon aldrig i hela sitt liv deltagit i en enda diskussion, och skulle förmodligen en gång dö en gång, utan att ha deltagit i någon. Hon liknade i sitt väsen mest av allt ett vilt djur. En varg eller ett sto eller ett murmeldjur. Hon såg nästan aldrig en människa i ögonen. Hennes blick höll koll, eller försvann. Eller så tittade hon PÅ den andres ögon. Nu spred hon tabletter och burkar över den lilla hallmattan och hennes ansikte avslöjade sinnets högsta koncentration. Maretta levde sitt liv så. Så var det bara.

KAPITEL TRETTON.

*Vi får en ögonblicksbild av, och en inblick in
i, en hitmans leverne och kan följa en snabb ned-
växling inför Korsvägen.*

Teofil Hallontank satt i sin gamla Skoda på vägen in
mot Göteborg. Redan kl. 07.00 hade han rutinerat gett
sig av. Foten kändes bättre, och han hade med visst
besvär fått på sig uniformen, men alltså lämnat kryck-
orna hemma. En revolver hade han stoppat på sig. För
säkerhet skull hade han provskjutit den inne i sin ved-
bod. Den fungerade bra. Den skulle visserligen var
onödig, så vitt han nu såg, men det var så att säga
dumt att gå naken.

Han grunnade över sitt uppdrag. Vad var nu detta
för en pistol som Robert O-son hade? Det var något
underligt med den. Det var ingen vanlig pistol. Varför
tillmäta en pistol ett sådant värde? Det vimlade ju av
skjutvapen i landet. Han insåg dock, som han gjort
redan flera gånger nu, att han inte skulle få något svar
på denna fråga genom ren spekulation. Han log åt
detta. En tanke flög genom huvudet på honom medan
han växlade ner inför en rondell: " Hur många gånger
kan man förstå samma sak?" Han skrattade åt detta
och satte på radion. På radion höll en kvinna på att
leverera en kulturkrönika. Teofils blick smalnade. Det
var inte så att han vanligen hatade folk. Men han
tyckte att människor kunde skaffa sig ett hederligt
jobb istället för att sitta i radio och tycka enfaldiga

saker om filmer. Filmer var ju i sig själva alltid enfaldiga och meningslösa..

Han irriterades också av att uniformen han bar hade blivit för trång. Det var länge sen han hade burit den, och nu var den för liten. Han visste att han inte skulle se löjlig ut. Han hade inte det slags utseende, att han kunde se löjlig ut. Men han kunde få svårt att röra sig snabbt om det skulle komma behövas. Han var barhuvad. Det svarta håret rufsigt. Runt midjan hade han ett polisbälte med diverse attiraljer, telefon, vapenhölster - dit han lagt sin pistol -, väska med sjukvårdsartiklar och t.o.m. pepparsprej.

- Ska vi seee…, sa han till sig själv. Här har vi Korsvägen. Då är vi snart framme. Klockan är bara nio. Då skall vi se! Karln jobbar. Vi får kanske vänta hela dagen. Men det finns mycket man kan göra i Göteborg. Som att ta reda på lite mer om den här Robert. Vi får sätta oss och googla lite. Och så.

KAPITEL FJORTON.

I vilket det kommer en överraskning.

Undine gick fram och tillbaka på golvet. Livia satt ihopsjunken i soffan. Med sina små händer sökte den lilla Livia reda ut eller tufsa till sitt brunröda, kraftiga hår. Händerna formligen flög omkring. Hon muttrade. Undine sneglade på henne.

- Du menar att vi måste ta revolvern från Ro-
  bert?

- <u>Pistolen</u>, sa Livia. Det är <u>en pistol</u>.

- Jag kan gå dit och be om den, sa Undine, med
  en självklarhet och insiktsfullhet som enbart
  ges åt människor vilka länge sysslat med
  böcker skrivna av Flaubert.

Livias blick på Undine var hänförd.

- Åh, sa hon ljudlöst. Sedan sa hon:

- Helt perfekt! *Heeelt* perfekt!

- Utom att han aldrig kommer ihåg mig. JAG
  har sett HONOM på *ToodeLoo* och på *Sfinx*,
  men HAN har nog aldrig sett MIG. Ingen gör
  det.

Undine fiskade efter uppskattning. Livia var alldeles
för söt, enligt Undine. Undine ville ha en del av livet
också, just som hon ofta lyckades med.

Livia, som varit på väg upp ur soffan, gled direkt
tillbaka i ihopsjunket läge, viss om att Undine hade
rätt i att Robert inte skulle komma ihåg henne. Under
tystnad betraktade de två väninnorna varann, för att
sedan låta blickarna glida över rummet, fönstren, bok-
hyllorna, tavlorna, platt-tv:n från Grundig och mat-
torna, statyetterna, de små gosedjuren och alla mobil-
laddarna på soffbordet.

- Men varför alls bry sig! sa Undine. Han kan
  väl behålla pistolen. Inte kommer han att
  störa dig.

- Patrik ville, att vi skulle ta den ifrån honom. Han ville skicka dit polisen annars, sa Livia.

- Det är ju överspänt, menade Undine utan övertygelse men var nu fullt koncentrerad, medan Livia famlade efter sina cigaretter i en byxficka på sina jeans. Undine fortsatte:

- Det är sånt killar gör. *En maktgrej.* Sånt njuter dom av! (Undine var ju inte radikalfeminist, inte alls. Detta var bara en enkel sanning, det hon sa.) Du får väl bestämma dig för vilken kille du vill ha!? Vill du ha Robert - eller vill du ha Patrik? Det är upp till dej' Det är DEJ det handlar om. *Det är DEJ allt det här handlar om!* Jag kan gå dit, till Robert, och förödmjuka mig om du vill. Med ett nytaget foto på dej och mej i handen, och säga att du vill att jag ska hämta pistolen.

Livia såg med stora ögon på Undine. Vitorna på Livias båda ögon lät nu hela sina jätteirisar bada i sin mitt. Så klok hon var, denna Cotta! Det var något i Undines buteljformade varelse som inte bara gav ett intelligent och intellektuellt intryck, tänkte Livia. Det kom nåt ut också. Hon slängde cigissen på golvet och log.

- Jess! Underbart!

Undine var också nöjd.

KAPITEL FEMTON.

Så klok Maretta var. Någonstans därinne var hon
mycket klok. Hon hade en naturlig klokhet därinne.
Inte alla har det. Tvärtom. Få människor är naturligt
kloka. Men nu var förstås sedan länge denna sällsynta,
gedigna, primordiala klokhet helt och hållet övertäckt
av tablettbegär. Just nu fanns det ingen klokhet alls i
hennes handlande. Allt var mekano.

Hela den sinnrika mekanism, som utgör den mänsk-
liga varelsen, denna psykofysiska mekanism, som det
tagit miljoner år av evolutionen att med en så, över
allting annat i komplexitet skridande finess, att kunna
framskapa, låg nu i dödsrosslingar, eller stod i all
ömklighet och flämtade likt en döfärdig gammal sago-
figur mitt i världsrymden. Ty all denna sinnrikhet,
som vi faktiskt inte alls som människobarn begriper
ens en tusendedel av, var utslagen av några enkla klor-
föreningar, sammankopplade av en tonårskemist i ett
labbskjul i Mumbais eller Delhis ruffiga förortskvar-
ter.

Marettas händer arbetade nu återigen på golvet i
sorteringen. I huvudet fanns en bild av en burk *Li-
brium*, trots att hon ju inte alls hoppades hitta nån,
men alltså något som skulle ha ungefär samma effekt
som en sådan en gång hade haft. Eller möjligtvis, som
hon ibland tänkte, som den där förträffliga mörkbruna
trögflytande hostmedicinen med opium i, som hon

funnit hemma hos sin mormor i Köpenhamn efter det Mormor mystiskt dött av kolosförgiftning. Den medicinen hade varit fullständigt späckad med opium. Kanske var det i alla fall just alla dessa drogminnen som var Livet självt? Fanns det någon lycka utanför tablett- och opievärlden? Var glädje utan tabletter konstlad glädje? Denna härliga hostmedicin!

Då gick plötsligt ljuset i lägenheten. Det var ju mitt i natten, och allt ikring Maretta där på golvet i hallen blev svart som i en säck. Hon satt blick stilla på golvet och stirrade ut i det svarta. Sen masade hon sig långsamt längs golvet in i stora rummet, famlade längs golvet och ut i köket.

Då kom ljuset igen.

> - *Konstigt.* flämtade Maretta ljudligt och blinkade.

Hon började känna sig yr i huvudet. Vad var det som hände? Var det psykosen som kom? Varför skulle den komma nu? Vad var det för mening? Vad var det för mening med psykoser? Hon fick inte luft, tyckte hon. Hon gick fram till balkongen. Metallvredet satt hårt fast i stängdläge. Hon fick ta spjärn. Det hjälpte inte. Hon hämtade en sko från hallen och började, mitt i natten, att slå på vredet.

Hyresgästerna kring henne var sedan åratal vana vid att det då och då kunde förekomma höga ljud från Marettas lägenhet, men att dessa ändå strax upphörde. Maretta var ju inte våldsam. Man fick helt enkelt stå ut med henne. Hon, hela hon, var som en sjukdom. En svår. Men bara så. *Kind of.* Vredet gick upp och Maretta ut på balkongen, het i hela det huvudet och insöp nu i djupa tag den svala vårnattens kyliga luft långt ner i lungorna. Något glimmade till i balkonglådan. Vad var det som låg i balkonglådan? Maretta plockade sen upp pistolen med båda händerna, och hon bar den sen, med ett förtjust leende, bar den som om den varit en fågelunge, in i lägenheten, där hon sen försiktigt lyfte den högt och lågt och snurrande runt medan hon gick omkring därinne. Så lade hon den på soffbordet, schasande sen ner en mängd tabletter på golvet.

Där låg den nu, pistolen, skinande ren, utom att den nu hade litet jord från balkonglådan på sig. Maretta torkade av det med en mörkröd t-shirt hon hade liggande i soffan. Hon petade sen – plötsligt rädd - försiktigt på pistolen och muttrade: "Gangsters! Smågangsters!" Hon tänkte nu att den var laddad, och att den var farlig.

Hon mådde avsevärt bättre nu. Fyndet av pistolen hade kommit som en chock. Hon gick in i badrummet och lyfte resolut av locket från cisternen bakom toalettstolen. Gick sen tillbaka till soffbordet. Lyfte försiktigt pistolen i pipan med två fingrar, bar ut den i badrummet och lät den med ett plask försvinna ner i cisternen, varpå hon sedan åter placerade locket på, och skruvade på porslinsknappen på draghandtaget till flottören. Sen gick hon ut ur badrummet och in i rummet, sade återigen "Gangsters", tog av sig sina jeans, gick ut i hallen i trosor och t-shirt och släckte överallt, och kröp ner under täcket till sin lilla säng, som var överbelamrad med gamla vadderade vinröda täcken, och inom mindre än fem minuter sov hon djupt. Utan att ha stoppat i sig ens en fjärdedels tablett av något som helst slag.

Hon sov så att säga på pistolen. Hon sov också bildlikt talat på pistolen. Och hon sov ända in långt på förmiddagen till nästa dag.

Om man nu läste mycket böcker, och ofta inte brydde sig om vad för slags böcker man läste, så hände det ofta att man också läste t.ex. deckare, deckare, där mördare, och potentiella mördare, gömde vapen i toalettstolens vattencistern. Ingenting är för vissa receptiva läsare mer naturligt än att föreställa sig, att det man på detta sätt läser om, är ganska naturliga och vettiga saker, som beskriver vad folk i allmänhet gör. Läsande människor kan ofta inte inse att människor i vanliga fall, i ordinära liv, praktiskt taget inte gör mycket mer än att arbeta, se på TV, roa sig lite och sova. Äta, sova, dö, som det heter. Folk gör i vanliga fall ingenting mer. Utom möjligen när de är mycket unga och oroliga. Sen gör de ingenting mer. Läsande människor kan göra MER än andra, ty de gör saker, *som om de läste om dem*. Ett bra exempel på detta är *Don Quixote*. Eller så är han inget bra exempel på detta. Det beror på.

Människor som går på bio, eller ser på tv-film, har vanligen ingen som helst fantasi eller företagsamhet. En film är någonting endimensionellt, någonting halt, från vilken allt studsar bort. Film är *heta* media, som Marshall McLuhan sa. Från filmen celluloid studsar allt bort. Eftersom filmen är överfull i sig själv. Utan luckor. I en bok däremot kan man både finna, plantera in, skapa och födas. Böcker har en spröd, en *cool*, struktur. Böcker är öppna för alla, de ger hundrafalt igen, även om man är missbrukare, och likt Maretta, *"white trash"*. Det är inte ens personliga bakgrund som ger böckerna dess värde, men insatsen men gör i läsögonblicket. En film kan man inte investera något i, ty man kan aldrig omforma en film i sitt eget inre.

Så finns det i filmen inget bestående värde, medan i den episka berättelsen finns allt mänskligt värde, och på mångahanda sätt. Böcker är ett utmärkt sätt att vaccinera sig mot reshysteri med. På resor lär sig gemene man heller ingenting. Man lär sig mest, om man håller sig hemma, och lever ett vaket liv, med böcker. Man behöver ju inte känna mer än ett tjugotal människor väl, för att känna verkligheten. Så har många kloka människor resonerat. Och det är helt sant.

Maretta hade en dunkel föreställning om att det just var så här, även om hon alltså aldrig resonerade om det. Pistolen i toaletten var just en frukt av läsning. Hon kunde lika gärna ha sett det i en film, visserligen.

KAPITEL SEXTON.

I vilket vi undrar över trafiken på Bangatan och tackar för nåden att äga en mobiltelefon.

På lunchrasten denna onsdag satt Robert ensam vid en bordskant på ett lunchcafé på Bangatan medan hans kamrater på flyttfirman satt och pratade Arsenal och UEFA-fotboll. Han tog fram sin *Android*, tryckte på *Bilder*, och tog fram en bild på Livia. Han la sen snart undan telefonen, stirrade sen ut genom fönstret på trafiken. Hans händer rotade bland en hög foldrar som låg på bordet. Han läste lite i Mag- och tarmförbundets gröna folder, tog sen upp en liten skrift från Kommunistisk ungdom. Det ringde i mobilen och Robert såg att det var Sigge. Robert sa:

- ”Hallå.”

Sigge började omedelbart tala om pistolen. Han hade tänkt på saken och kommit fram till. att det bästa var om de båda två knackade på hos Maretta och sa att de tappat en pistol i hennes balkonglåda. Det var tryggt både för henne och för dom själva, att de var två.

- Hur kan det vara tryggt för henne att vi är två? undrade Robert.

- Jo.

Detta var inte likt Sigge, att bara tro. Men givetvis: hela historien var ju osannolikt underlig. Robert sa att han skulle tänka på saken. Sen lade de på.

KAPITEL SJUTTON.

Mia Regelhjielm släntrade upp för Stigbergsbacken ifrån Långgatorna. Hon hade huvudvärk. Det hade hon ofta. Hon läste för mycket. Tjocka romaner. Hon hade ett naturligt intresse för böcker. Hon läste sådant som Maretta läste, moderna romaner men också klassiker. Sen spekulerade hon en del. Hon läste filosofiböcker och tyckte om att diskutera. Skrev aldrig något. Hon – som var socionom - brukade ibland ta jobb som personlig assistent, och sen diskuterade hon md sina brukare, medan hon hjälpte dem att städa, kissa, gå och handla och betala räkningar.

Hon hade på sätt och vis gett upp hoppet om Maretta. Det var som det var. Varför alls försöka längre? Men älskade henne, det gjorde hon. Och dessa var två skilda saker.

Fast hon trodde ju att Maretta kunde dö när som helst, av fel tablett. Men hon kunde inte göra något åt detta, tyckte hon.

Väl uppe vid Sjömanskyrkan invid det lilla torget, med utsikt över Göta Älv, gick hon in i dess kafé och beställde en kopp kaffe av en väninna som arbetade där. Lesbiska kvinnor håller ihop. Är man flata, så behöver man inte betala kaffet. Så var det här. Mia och servitrisen på Sjömanskyrkan, Marie-Louise Lingonström, satte sig ner invid en nära tvåmeterhög modell i trä av en fullriggare och suckade tillsammans över olika problem. Inklusive globala som miljöförstöring och överbefolkning. Det var onsdagsförmiddag och man började nu i en småkall april att så smått se fram emot sommar och utlandsresor och sådant.

- Jag kanske reser till Paris, sa Marie-Louise, som var en ljus, lång, smal flicka med ett brett leende på vänt och stora tänder med glugg i mitten. Det ljusa håret yrde lockigt kring hennes huvud.

- Aah, sa Mia med uppskattning.

Plötsligt kom Diligence in via dörren från hallen. Diligence var en flicka från Arboga som varit barnflicka i Detroit, och som nu var nagelterapeut, och hennes nye boyfriend, Kenth var i släptåg. Diligence hette egentligen Desirée, men det namnet hade ingen klang hon var riktigt bekväm med. Som hon sa. De satte sig ner, och Marie-Louise hämtade kaffe till dom också. Några vithåriga, snaggade magra gubbar vid ett bord bredvid sneglade på ungdomarna.

- Kan vi inte ha fest? frågade Diligence snart och petade sig i örat.

Kenth, som var en smal, rätt oansenlig pojke runt tjugo med fjunigt skägg, halade upp en bok, kanske om mystik, ur kavajfickan och satte sig att läsa.

- Hur är det med Maretta då? frågade Marie-Louise nu Mia.

- Jodå. Hon mår alltid bra.

- Är det inte konstigt vad folk tycker olika om konst, och om film och om böcker, sa Kenth som alltid hade en egen agenda.

- Det är väl naturligt, sa Mia, som åt Marie-Louise med ögonen och sög på en tandpetare.

- Ja just det, sa Kenth entusiastiskt. Naturligt och konstigt och intressant. För det är ju så, att vi nästan alltid tycker om olika böcker, och vi säger då om vissa att de är bra. Men bara vissa böcker är bra, och dom är det för att vi behöver dom. Vi bygger då alltså upp ett system över vad som är bra litteratur, bara för att vi *behöver* viss litteratur, bara för att vi alla är skadade och behöver helas, offer för våra barndomar, men bara av vissa böcker alltså. Olika för alla. Så sitter vi och skapar var och en sin estetik, ett system för vad som är bra litteratur, eller konst i allmänhet, bara för att just det eller det är ett själens plåster för dig eller mig. Och alla behöver olika plåster, Inga plåster är bra för alla. Varje bok är ett särskilt plåster, för ett särskilt sår. Men vi prackar alltså på varandra den ena estetiken efter den andra. Varje estetik är också ett särskilt plåster, för ett särskilt sår.

- Då är det väl himla dumt att använda ordet plåster, sa Diligence, som genom sin verksamhet som nagelterapeut ofta använde just plåster, då hon råkat göra sina kunder illa istället för tvär   tom. Plåster ska ju passa alla sår, tillade hon.

Hon hade glömt bort att det säljs just förpackningar med en himla massa olika slags storlekar på plåster.

- Ska vi inte ha fest ikväll? frågade hon igen. Hon klippte med ögonfransarna och härmade, med ett

plutande leende, den enkla och effektiva gesten
hos en person som snabbt tömde ett glas.

- Kanske hos Maretta? Frågade Marie-Louise.

Mia betraktade nu det jättelika segelskeppet, som
stod i en slags trävagga på det mörka, blanka, ski-
nande stengolvet i sjömanscaféet. Hon visste inte vad
hon tänkte på. På ingenting, kanske. Hon var borta för
ett ögonblick. Det är sånt som händer. Snart var hon
tillbaka och sa:

- Ja.

- En god författare, sa Kenth rakt ut i vädret, är i
alla fall en, vid vars sida man tryggt kan gå genom
vilka träsk som helst.

Mia sneglande på honom. Diligence tittade på de
gamla gubbarna som ivrigt samtalade om kamrater
som dött.

KAPITEL ARTON.

*Vi finner här hur en miljö full av fartygsmo-
deller i skala 1:40 kan bli levande på många sätt.*

Teofil Hallontank parkerade Skodan invid Sjö-
fartsmuséet, tog sin röda laptop, en långsam Think-
pad, under armen, satte på sig polisbåtmössan, och
gick sen över gräsmattan mot Sjömanskyrkans kafé,
som vi redan är bekanta med. Det var ett trevligt, tyst
och lugnt ställe, som han kände väl till, så som han
kände till det mesta i Göteborg. Han beställde en kopp
kaffe av servitrisen, som tycktes ha partiellt arbete,

partiellt semester, i samtal med vännerna vid ett större bord intill fönsterraden. Själv satte han sig nu i ett hörn, medveten om att de övriga var rädda för honom, eftersom alla människor är rädda för polisen, även om de säger att de älskar polisen. Särskilt för stora poliser, och Hallontank var ganska välväxt. Han pluggade i datorn i väggen för att få lite mer laddning och började googla på hyresgästerna på Abrovinschgatan 14.

Han såg Robert O.s namn och checkade sedan in de andra. Han hade just kommit till namnet Maretta, när detta i Sverige relativt sällsynta namn hördes från andra sidan rummet.

Teofil tillhörde den fåtaliga skara människor, levande idag, som inte hade en skadad hörsel. Hans hörsel var av någon anledning alldeles utmärkt. Ja bättre än bra. Han hörde nästan som en fjällräv, eller som en tigerhaj. Så lyssnade han nu pejlande med hörseln till vad de sa vid fönstret.

- Kanske hos Maretta?

Långsamt lade Teofil ihop laptopen, som dock fortsatte att blinka på ett dumt sätt, och höjande båda ögonbrynen låtsades han betrakta en inramad plansch på andra sidan rummet, som förställde en klassisk fiskeskeppare med skepparkrans och sydväst.

Och han lyssnade noga medan han ytterst försiktigt sörplade på kaffet. Han var avlyssningsexpert.

Skeppet som tronade mitt på golvet fann han egendomligt. Tänk att tillverka ett sådant! Vem tillverkar fartygsmodeller och varför? Tänk så drömlikt det var med fartygsmodeller. Men kanske det inte alls hade funnits några båtar, om det inte funnits modeller av dem, tänkte han.

Han sneglade bort mot Mia och tänkte att hon hade ett härligt höftparti.

KAPITEL NITTON.

Här ser vi nu en vy från Stockholm och vi får reda på mycket om röveriets teori och praktik, vilket ju är denna historias effektiva kärna.

Det ringde på morgonen i den svarta telefonen som stod invid sängen i sovrummet hos Mastermind, i dennes hem på Östermalm. Det var hushållerskan hemma hos *Råttan*, Masterminds vän och kompanjon sedan krigsåren, som ringde. Mastermind hade betalat denna hushållerska, en viss Vanja, en summa pengar för att meddela varje intressanthet som den förre statssekreteraren hade för sig. Och nu hade så statssekreteraren ånyo verkligen presterat något intressant. Han hade nämligen dött. Hela 93 år gammal. Jaha, suckade Mastermind, och steg sedan upp för att koka kaffe.

- Så nu är man ensam i världen, tänkte han.

Ja det var ju alls inte oväntat. Råttan hade inte varit så kry sista året. Och aldrig påstridig med krav på pengar. En hygglig karl, och ofta rolig med...

Hela denna guldstöld hade ju krånglat nästan från första stund, trots att Mastermind trott att planen var alldeles excellent. Nu visste han bättre. Han hade ju haft över 60 år att fundera igenom alltihop, och att få ytterligare kunskaper. Ytterligare kunskaper hade också hans fiender kunnat skaffa sig. Ty visst fanns det människor som visste om alltihop. Men de hade ingen ... pistol.

Den första missräkningen var ju den, reflekterade Mastermind, som nu tycktes få summera allt i sin ensamhet, utan Råttans stöd, att OSO inte visat sig vara en sådan man som de trott att han skulle vara. Vem säger nej till 15 miljoner kronor? Jo OSO! En grabb från skånska bondlandet. Utan särskild släkt och kontakter.

Ty det visade sig när man kommit till Hull, och männen från G22 kom ombord och skulle flytta guldet iland, för vidare transport till Chicago, att det blev krångel. Lådorna var alla försedda med det geniala fyrapistolers-system-låset, som uppfunnits av Mastermind. Det krävdes av detta passersystem magneterna från fyra olika pistolers mynningspartier, för att alls kunna identifiera vilka lådor som innehöll guld och vilka som innehöll högexplosiva varor, fyra olika pistoler för att alls kunna öppna de lådor som innehöll guldet. Denne OSO hade då bara sagt, att han var *en ända ifrån grunden hederlig man*, och att han inte för sitt liv kunde tänka sig att delta i något så *lugubert och oanständigt* som att stjäla sitt lands guldreserv. Och på köpet mitt under ett krig!

När skulle man annars göra det, tänkte Mastermind högt och med oändlig ironi. Kanske var det just ironin som hållit honom vid liv.

Systemet var ju dessutom sådant, rekapitulerade M. för sig själv, att det alltid krävdes minst två pistoler för att omflytta lådorna. Låset var alltså ett kedjelås, samt ett slutligt multilås. Två olika lås i ett. Kanhända var det alltså en föregångare i sin konstruktion till bitcoin.

För att då inte ställa till med något hallå på båten, och för att inte avslöja pistolens värde, så lät man då kapten OSO behålla pistolen på återresan till Sverige, för att plocka den av honom senare. Men allt sabbade sig. Det visade sig plötsligt i Göteborg, att OSO inte *HADE* pistolen. Låset på lådorna var redan aktiverat för just de fyra pistolernas magneter - för att ingen enskild, ingen ensam av de edsvurna tjuvarna - skulle kunna stjäla guldet - och så var nu guldet på väg till sin slutdestination. Lådorna skulle låsas in i ett valv, där själva inlåsningen kunde ske utan fyrapistollås, med endast en av pistolmagneterna, medan varje uppackning krävde alla fyra pistolernas medverkan. Ja guldet fanns, om nu inget helt remarkabelt inträffat, den dag som idag är, i Chicago, tänkte Mastermind och smuttande på sitt förmiddags-portvinsglas med whisky, ett glas som bar en smal gyllene kant samt ett emblem med snirklade bokstäver.

Pistolerna var fördelade på 1.) honom själv, 2.) OSO. 3.) en viss John Craig i Hull, en av G22-

männen, som ombesörjde transporten till Chicago, samt 4.) mannen på banken där, en ung amerikan vid namn Herbert W. Slingerland.

Underkunnig om alltihop hade ju också Råttan varit. Denne hade dock, då han fann att det förenklade processen, och då han alltid ansett att han hade sitt på det torra, tyckt att det räckte med Masterminds ord. När Mastermind slutligen skulle få tag i guldet skulle denne helt enkelt informera Råttan, och så skulle de dela. Detta förtroende hade byggt en fin vänskap dem emellan. Mastermind hade aldrig haft någon avsikt att svika Råttan. Så hade de haft mången glad stund, och mången stund när de igen och igen tillsammans undrat vad i helsicke det nu var för fel på en man som OSO, som, för några egenartade ideal inte ville tjäna storkovan, och det för ett penningsystem och för en nationalstat.

Det politiska värdet att ha en guldmyntfot var nu en svår sak att uppskatta. Guldmyntfoten var sedan länge avskaffad i Sverige, även om nu landet förstås hade en liten guldreserv. Valutareserven fanns givetvis kvar. Inget land här i världen har en riksbank utan valutareserv. Man kan heller inte ha en penningpolitik utan valutareserv. Men guld är guld.

Guld är en oerhört beständig råvara. Ja ett ämne som är så solitt att det faktiskt inte går att förstöra. Mastermind tänkte på det faktum att det för att alls kunna förstöra guld med syra krävdes en så stor investering, att denna i värde mångdubbelt skulle överstiga guldets, och då var ändå guldets värde bland de största i världen. Detta med förstörande av guld hade ingen som helst aktuell bäring på Masterminds idé. Han bara betänkte detta faktum, då och då. Eftersom det var en del i basen för all hantering av guld. Och så tänkte han att det givetvis fanns saker mer kostbara än guld. *Råttan* hade nämligen också – till exempel - varit mer än guld värd. Och Mastermind sörjde idag uppriktigt sin vän, trots att han först emottagit budet om dödsfallet helt lakoniskt.

Än ställde han sig vid fönstret, än satte han sig i sin läsfåtölj.

Man kunde otvivelaktigt spränga lådorna och vara förvissad om att guldet kunde samlas ihop. Men vissa saker måste man bortse ifrån, annars kan man vare sig göra det ena eller det andra.

Nu var läget sådant, tänkte han, där han satt i sin läderfåtölj, blickande på fönstrens fördragna, tunga gardiner, att nu hade han att besluta om det där guldet, som låg i Slingerlands Chicago. Vad skulle göras? Skulle allt avslöjas? Eller skulle han nu själv, genom Hallontank, eller genom någon annan, lyckas lägga vantarna på sin fjärdedel, eller sin hälft, som det nu blev, om han alltså tog OSOs andel och med Råttan gången till de sälla boningarna? Han kunde själv inte nå guldet utan den fjärde pistolen. Med Craigs och Slingerlands efterlevande stod han i periodisk kontakt, och han visste att de hade vidtagit åtgärder för att säkerställa att deras pistoler var tillgängliga för Mastermind, när Mastermind så behövde.

Guldpriset är idag 318 kr för ett gram, tänkte Mr M.. Partiet i Chicago vägde ett ton, vilket kanske varit en femtondel av den svenska guldreserven på den gamla goda tiden, och en bråkdel av den totala valutareserven. Idag skulle nu ett ton guld, alltså, inbringa ett värde i svenska kronor av 318000000 kr. 318 miljoner SEK. För Masterminds del blev det då 150 miljoner kronor, i runda slängar. Inga astronomiska summor. Det medgavs, Men ingen dålig slant heller. Konstruktion och tillverkning av valv och lås och låssystem hade gått på c:a femton miljoner, om man alltså åter konverterar summan till nutida penningvärde.

Mastermind satt sen länge och funderade medan han trummade med fingertopparna på en bordskiva av mörk mahogny.

KAPITEL TJUGO.

Ingenting är som vänskap. Hur värdefull är icke vänskap? Och det beror nog på att den är sådan att den skapas av två, icke av en.

Livia Enstöhring och Undine Cotta promenerade på Avenyn och tittade på folk i vårsolen. Ljuset var sannerligen underbart friskt och bländade, och dess reflexer for som blixtrande fåglar ikring och det luktade vår. De var båda osedvanligt glada. Ibland tog de varann i hand, till och med. Det hade aldrig hänt förr. Undine flög fram av lycka denna dag. Att världen kunde vara en så underbar plats, och att ingenting slog detta att bara ströva uppför Avenyn en sån här dag med en vän!

De hade nu, så tycktes det dem båda två, hittat sin relations tonfall, och fullkomligt otvunget kunde de nu avhandla de mest svårbegripliga och känsliga ämnen, och de kunde finna sanningar om världen genom att fylla i varandras meningar, sanningar som de aldrig trott fanns. Medan de gjorde detta formligen dansade de uppför Avenyn. Underförstått i allt detta låg som en tyst överenskommelse att Undine på kvällen skulle gå till Roberts, samt att Livia skulle sitta hemma, kramande sin mobiltelefon, för att få veta resultatet, alltså om Undine kom ut från Roberts med pistolen i en papperspåse. Men det var också underförstått att Livia implicit hade tillstått, att hon brydde sig väldigt mycket om Robert, och att det var därför som de nu skulle göra som de skulle.

Livia tittade upp på Undine – denna var mer än huvudet längre än Livia – och sa, att hon nog tänkte ta upp sina medicinstudier igen. Dom var bara halvfärdiga.

- Det tycker jag absolut, sa Undine.

Här stannade samtalet av eftersom de båda, när de skulle korsa Nya Allén, var tvungna att ta ett steg tillbaka då en bil i rasande fast trotsade det faktum, att den nu körde mot ljuset som blivit rött. Till deras respektive häpnad såg Undine och Livia, att den som körde bilen var… ingen mindre än deras bekant med Lexusen, Patrik. Med Patrik följde en i staden känd konstnär, som satt och vinkade åt de båda skrämda flickorna. Bilen hade nämligen gjort en tvärbromsning och stod nu i Allén, och kröp sen med ett surrande över en gräsrefug och över på den kombinerade cykel- och gångbana som parallellt följde bilbanan. Undine och Livia approcherade långsamt den gulbeigea bilen, där de båda unga männen satt i anslutning till den framför dem nedfällda suffletten.

- Hej, sa Patrik.

- Hej, sa Livia.

Konstnären gav, utan hälsning, Livia ett obscent förslag, och antydde skickligt att själva denna handling, detta förslag, samtidigt var en slags performance-konst eller installation.

- Hur går det med pistolen? frågade Patrik utan omsvep. Konstnären, som liknade ett djung-eldjur, förstod ingenting, och höll därefter tyst.

- Jo, det är snart ordnat, ljög Livia. Ty visst var det i alla fall en rejäl överdrift, att i detta fall beskriva framtiden på detta sätt.

- Fint, sa Patrik nonchalant, startade sitt bil-monster, svängde tillbaka över refugen och,

prejande en Volvo, for nu detta ut i Allén och
iväg.

-   Puh! sa Livia.

Undine kände sig på nytt något utanför och sökte,
genom att ta tag i Livia, återfå den uppbrutna him-
melska stämningen. Men förgäves. De gick tysta
bland allt folk upp mot Konstmuséet.

När Undine såg efter de båda , som försvann i bilen,
kände hon sig hjärtligt trött på män. Alldeles onödigt,
tänkte hon. Tröttsamma varelser. Varför fanns dom
alls? Hon beslöt sig för att ägna hela sitt återstående
liv åt litteraturen, d.v.s. åt Flaubert. Om inget oförut-
sett inträffade, förstås.

KAPITEL TJUGOETT.

*Att det är vetenskapens uppgift att ge en förklaring
till naturens företeelser, därom är alla ense, men det
råder däremot en stor förvirring beträffande vad som
menas med en "förklaring". Det finns till exempel
ofta en romantisk förklaring till saker och ting.*

Denna natt var Robert vaken. Få saker var så njut-
bara för den ensamma människan som några nattens
timmar med kroppen nedsjunken i en fåtölj, i fullstän-
dig tystnad och i halvmörker. Med endast en måne
som sällskap. Hans tanke syntes honom själv plötsligt
glasklar.

Det är visserligen så att människan lever hela sitt liv i ett slags halvmörker. Ty människan är alltid på något sätt på väg att förstå, och i detta är hon alltså inte i komplett mörker. Men hon är definitivt alltid i den belägenheten, att vad hon förstår är en förståelse av ofullkomligt slag, även om hon i ett sinnesrus kan tycka, att just den momentana förståelsen är komplett, och att hon då upplever ett fullständigt ljus. Det ljuset är emellertid en illusion! Människan lever inte i förståelsens ljus, - hur skulle det se ut? – *hur skulle hon ha klarat det?* - men befinner sig alltid i ett slags halvmörker. Upplevelsen av ett förståelsens oändliga ljus är en upplevelse inifrån det oändliga ljuset. Samma är det med upplevelsen av det oändliga mörkret, fast tvärtom. Man kan få en hallucinatorisk bild av det oändliga mörkret, men en sådan salighet, som det att befinna sig i ett oändligt mörker, det är det endast beskärt rena helgon. Inte normala människor. Det normala i psykiskt avseende är för människan halvmörker. Utan halvmörker i själen skulle man till exempel inte kunna vare sig tänka eller sova. Utan halvmörker kan man inte drömma. Så trivs hon därför också, i korrespondens med detta, som i en slags öm tillitsrelation med Världen, i rent konkret mening, därför också bäst i halvmörker. I jordisk natt tillsammans med en måne.

Robert bytte här ställning i fåtöljen.

Ljus är salighet. Mörker är också salighet. Halvmörker är verklighet.

Månen. Vad betyder månen?

Robert stirrade sedan med fast blick framför sig. På den grönvita mjölkartongen syntes en text, som han granskade, och sin vana trogen försökte han låta enkla påståenden applicera sig på komplicerade sammanhang.

Mjölkkartongen frågade med stora bokstäver:

"Hur kan en larv bli en vacker fjäril?"

Implicit påpekade alltså författaren av mjölkkartongstexten, att larven var ful.

Robert släppte ämnet om alla dessa förvandlingars gåtfullhet, delvis på grund av den vanartiga formuleringen av frågan, tog och släppte den tomma kartongen ner på golvet intill läderfåtöljen och kisade mot fönstret. Hade det börjat ljusna än? Det var inte lätt att avgöra, tänkte han. Och sen tänkte han, att det egentligen var ganska jobbigt att reflektera.

Varför, tänkte han vidare – ty mycket kan stoppas, men nästan aldrig tankar – hade han gått till Livia och TAGIT MED SIG PISTOLEN? Kanske var det detta, han BORDE tänka på? Kanske låg denna tanke under det han annars tänkte? Då tog han tag i denna "grundtanke" nu. Varför hade han inte gått dit UTAN pistol?

Robert vickade nu på tårna, som han sträckt ut från fötterna, som vilade på kanten av soffbordet.

Säkerligen var det ett tecken på otillräcklighet, tänkte han. Och otillräknelighet, lade han till. Men nog låg det en förtvivlan i beslutet att ta med pistolen. Han hade velat skapa kaos, för sig själv och andra.

Det var en satsning, att ropa ut sin förtvivlan till Livia: se här: jag älskar dig, och jag bryr mig så lite om allt annat, att jag till och med står här och viftar med ett dödligt vapen. *Ja, jag kan till och med dö.* Om jag inte får dig! Som om man FICK folk. Robert tänkte att han förmodligen var en sådan människa, som vägrade inse saker och ting. Han var en blundande, eller halvseende människa. *En idiot.*

En helmörkeridiot.

Så var det, tänkte Robert. En slump berodde det inte på, att han tagit med sig pistolen. Så mycket visste han. Detta menade han, sammanfattningsvis.

Så gick han, något tröstad av denna insikt, och lade sig under täcket i sitt halvmörka rum för att försöka få några timmars sömn innan jobbet. Han älskade sitt jobb. Att flytta lådor och möbler.

Allt var precis som Freud påstod med sin retoriska fråga: är Människan herre i eget hus? i det han syftade på det mänskliga psyket. Så tänkte Robert, och somnade nu på stubinen.

KAPITEL TJUGOTVÅ.

I vilket Hallontank förbereder sig.

Det var fredag. Teofil Hallontank vaknade upp på sitt hotellrum på Korsgatan. Hotellet var mycket litet. Kanske tolv rum. Under gårdagen hade han plockat ut tiotusen kronor i kontanter, för att erbjuda Robert för pistolen. Han misstänkte nämligen att han inte på direkten skulle hitta någon pistol vid ett eftersök i lägenheten. Allt detta var en gissning. Det var bekvämare att erbjuda pengar. Dem kunde han sedan raskt lura av grabben igen, när väl pistolen kom fram. Hallontank var ingen amatör.

Nu skulle han fördriva dagen. Han tänkte att han lika gärna kunde fördriva den med att besöka Roberts grannar, medan denne själv var på jobbet på flyttfirman.

Hallontank ville se Robert komma hem, för att kunna bedöma personen i smyg. En persons kroppshållning och rörelsemönster kunde avslöja en hel del om de inre kvalitéerna för honom. Inte för att det behövdes. Men det ingick i metoden. Man hade alltid som yrkesman en inre plikt att förfina sin metod.

KAPITEL TJUGOTRE.

I vilket något väldigt märkligt sker inom en människa, historiens gång ändras och man kan säga att allt sker i en väldig fart. Något absurt händer.

Maretta vaknade med ett ryck. Det tog alltid lång tid för Maretta att vakna. Ja, det hade nu gått så långt att hon vant sig vid, att endast *halvt* känna igen sig vid uppvaknandet. Men, det är så med gamla missbrukare, att de lär sig att ha is i magen. Rättare sagt, så får dessa människor en slags *tredje person* som varken är densamma som personen i vaket eller personen i sovande tillstånd, men en extra person som - likt en kombination av autopilot och ängel - vakar över överlevnaden i alla möjliga lägen. Denna person var sedan länge starkt utvecklad i Marettas fall. Hon – i "första person" då … - litade blint på denna autopilot. Den hade mången gång räddat livet på henne.

Således var det nu åt autopiloten hon överlät uppstigandet och färden till toaletten. Väl klar där hasade hon i de praktiska tofflorna ut i köket, där autopiloten nu lät minnena från gårdagen strömma in i systemet till Första Person.

Utan att denna gång tänka på saken, lät hon hela sin person strunta i Första Person och fortsätta att gå på autoplitot, vara i överlevnadsläge. Ja, om det nu inte var tvärtom …, d.v.s. att autopiloten aldrig lät Första Person komma in igen. Nå, ni tycker inte detta var konstigt? Nä, förstås, så går det ju med missbrukare. Förr eller senare. Det grunda i personligheten blir för grunt. Det blir så grunt at det inte tjänar något syfte, att längre ha en personlighet. Det som evolutionen räknat ut, det har inget mer syfte. Nu kommer alltså den av missbruket skapade räddningspersonligheten, Tredje Person, att ta över resten av livet. Och så blir det. Nu är det endast överlevnad som gäller. Inget konstigt med det. En funktion av trixiga gifter.

Jo, i detta fallet blev det konstigt. Ty Maretta hade inte somnat på tabletter, men på … pistolen. Alltså var nu Tredje Person s.a.s. präglad … inte på tabletter men på pistolen. Hon hade blivit autopiloten *Pistol-människan*. Utan att veta om det själv. Ty något Själv fanns ju inte. Det fanns bara en Tredje Person, som likt en skugga, eller en skuggas skugga, gick omkring i lägenheten och då och då log, då och då rynkade pannan, då och då tog en cigarett, och det var som om autopiloten, också den, undrade vad allting handlade om.

Autopiloten gick in i badrummet, tände ljuset, och lyfte av porslinslocket av vattentanken. Maretta – i någon person - såg på pistolen. Lyfte upp den ur cisternen, gripande den om pipan. Djupt inom henne vaknade nu någonting. Det nyss bortträngda kom upp. Maretta ville ingalunda, som person, närapå oavsett vilken, - ty vi skall inte systematisera om det vi inte vet, hur elegant det än kunde synas vid första anblicken - i djupet av sin illa tilltygade varelse, vara en *pistolmänniska*. Så gick hon KANSKE SJÄLV med pistolen ut på balkongen, mitt på blanka förmiddagen, och vräkte, i ett enda väldigt kast, ut pistolen till en plats mitt på gräsmattan, där en liten bit mossa och några fjolårslöv blev dess viloplats.

Allt detta skedde mitt för ögonen på den, för en gångs skull helt förbluffad, Hallontank. Denne klev då med enssnabbt ut ur Skodan, ut på det spröda vårgräset, fram till pistolen. Han lyfte upp den och, kontrollerande vant säkringen, och tog den till bilen, där han raskt lade det av vatten märkvärdigt droppande vapnet i handskfacket, efter att raskt skakat det ett par, tre gånger för att få det mindre blött.

Efter en stunds spanande upp mot den nu åter stängda balkongdörren på andra våningen, så började han skratta. Han hade inte skrattat på länge. Även Hallontank gick lite på autopilot. Han hade nu visserligen inte sett vem som kastade ut pistolen. Men han gissade på den där Maretta han hört talas om på sjömanscaféet.

Maretta grät. Hon undrade vad hon gjort. "Hoppas nu inga barn ...", tänkte hon. Hon fick kanonångest, tofflorna på sig, panik och en väldig fart, och stod snart på gräsmattan, inte ut, i färd med att skrika för full hals, och såg i ögonvrån en gammal Skoda svänga bort i full fart från Abrovinschgatan.

Pistolen var borta!

Men Maretta var nu ganska så mycket sig själv igen och stretade, nu lite matt, i blöta tofflor tillbaka upp till sin lägenhet.

KAPITEL TJUGOFYRA.

I vilket Östermalm underrättas om händelser i Göteborg.

När den blåklädde Teofil kommit en bit nerför Viktor Rydbergsbacken norröver mot Konstmuséet och Götaplatsen svängde han in på en parkeringsplats just bakom Konserthuset, under en lång balkong, där musikerna troligen brukade stå och stämma sina fioler inför konserterna. Och knäppa sista skjortknappen upp i halsen. Han skakade på huvudet och muttrade, letade reda på mobilen, som låg i hans högra kavajficka och slog numret till sin chef, till Mastermind. Medan han väntade på att chefen skulle svara tog han, efter att ha tittat sig nog omkring runt bilen, fram pistolen från handskfacket. Vant daskade han till Colten på undersidan, tog ut magasinet och sprätte ut patronerna. De såg onekligen lite egendomliga ut, gröna av ärg och ingrodda med smuts. De hade absolut inte kunnat fungera. Kanske möjligen nån enda av dem, tänkte han. Och det räckte ju i vanliga fall. Men varför just den första?? Han tog dem alla och stoppade dem lösa i handskfacket, medan han lät själva pistolen glida ner i den kavajficka, som nyss varit upptagen av mobilen.

Nu hördes emellertid Masterminds röst. Den gamle mannens röst var både kraftfull och pregnant, mitt i sin alltmer betydande knarrighet:

- Hallå! Är saken redan klar?

- Jepp. Har pistolen i innerfickan, sa Teofil, och lät hur nöjd som helst. Han kunde inte riktigt behärska sig. Rösten var präglad av den glada uppsluppenhet som fötts redan när han plockade pistolen från gräsmattan. Det var det oväntade som gladde honom. Nästan bara det.

- Hur gick det för stackars Robert då? undrade Mastermind krasst och ironiskt.

- Såg inte skymten av honom. Pistolen hyvades
  ut i naturen av en liten småfet äldre donna
  som bodde två våningar under. En knark-
  madam.
- Va?!

Mastermind var under några sekunder tyst. Sedan
kom frågan:

- Du vet att det är rätt pistol, eller hur?
- Jepp. En *Colt Hammerless.1903.*Laddad.
- Absurt, slog *Mastermind* fast. Du får helt en-
  kelt ta reda hur allt detta kom sig!
- *Va*? Hallontank var plötsligt bragt ur jämvikt.
  Konstigt jobb detta, tänkte han.
- Ja. Jag måste få veta vad det är frågan om.
  Alltihop verkar fel. Jag tror inte på samman-
  träffanden. Det vet du! *Everything neat and
  sorted out!* Inga lösa trådändar! Inga fråge-
  tecken! Förstått?
- Okey, sa Teofil. Jag vänder väl om upp igen
  … till brottsplatsen då och hör av mig när jag
  vet allt. Det kan ta tid förstås…, tillade han.
- Gör så, sa Mastermind. Skicka pistolen med
  nån som tar tåget ikväll! Nån du känner. Och
  som jag känner. Pålitlig.
- Okey.

Mastermind lade resolut på. Han var van att fatta
snabba beslut, tänkte Hallontank. Han strök svetten ur
pannan.

- Jaha, sa han högt, medan han startade bilen och vred på huvudet så att det stramade åt i kragen för att se att han kunde göra en U-sväng.

- Inte ens ett tack! muttrade han. Men det är klart. Jag var nog inte värd det. Inte denna gång. Tillbaks och gör om!

Sen ångrade han sig en gång till, vände bilen och körde ner mot stan. Han hade mobilen beredd i handen. Han var för en gångs skull okoncentrerad. Han undrade själv varför. Måste få tag i en kurir, tänkte han. Kanske på Polishuset nere vid Danska Vägen. Poliser kan man ha till mycket, resonerade han och rättade till båtmössan på huvudet.

KAPITEL TJUGOFEM.

I vilket Maretta träffar en amerikan som hon med ens på sitt vis fattar tycke för.

Maretta hade återvänt till lägenheten, och snart i lugnare tillstånd uppfriskad av att ha lämnat sitt inskränkta *Pistoljag* bakom sig och *fit for fight* slängde hon i sig två *Stess*. Sedan ut i trappen, begav sig så, stönande för varje trappsteg, medtagen efter kampen mellan jagen, med tungspetsen fäst i ena mungipan, upp för för att ta försöka ta reda på varför i all hela friden folk hade pistoler i huset. Och varför man släppte dem från balkonger!

Maretta trodde nu nämligen, som vem som helst skulle trott, att pistolen kom från våningen just ovanför hennes egen. Alltså slätade hon till sitt hår, strök svett från överläppen, kliade sig därbak och ringde på hos Jameson, som bodde i lägenheten ovanför hennes, och den under Roberts. Hon visste att det bodde en f.d. amerikansk soldat där, en veteran. ”K. Jameson” stod det på dörren. Att han sällan lämnade sin lägenhet. En gammal vietnamdesertör var det. En stor karl, en bjässe. Runt 70 år. Grått snaggat hår. Sneda, små, snälla ögon. Alltid en gigantisk beige manchesterkavaj och blå urtvättade jeans. Hans gestalt, när man såg honom på gatan, utstrålade något odelat positivt och tryggt.

Om han var hemma nu, tänkte Maretta, så skulle det betyda, att det inte var han som plockade upp pistolen från gräsmattan. Om det nu då var han som hade slängt den, eller tappat den, ner till henne, varför hade han inte ringt på? Vem trodde nu han, att det var, som hade tagit pistolen, som kanske varit hans, som kanske var från kriget i Vietnam, och försvunnit på två röda minuter? Om han nu var hemma. Frågorna rann till.

Kanske han hade tröttnat på sin gamla Vietnampistol, tänkte Maretta.

Maretta hörde, medan hon pustade efter klättringen uppför trappan, genom dörren någon röra sig inne i lägenheten. Hon ringde en gång till. En lång signal. Maretta var inte den försiktiga typen. Katzer ”Katz”

Jameson öppnade däremot försiktigt. Vårblek men med skarp och vaken blick. Han sa långsamt:

- Ja, vad är det?

Maretta ansträngde sig som vanligt att verka mer förvirrad än hon var. Hon ville ju – helt omedvetet givetvis, och av gammal vana - komma i överläge på sitt vanliga sätt.

> - Kan vi prata? Kan… Maretta blinkade här så intensivt med ögonen att man kunde trott hon hade fått en flugsvärm i dem.
>
> - Javisst. mumlade Jameson och stoppade ner den skotskrutiga skjortan i byxorna. Det är ju du som bor under här?
>
> - Ja, sa Maretta.

Hon slank in och såg med ens att det var ganska mörkt därinne. Ungefär som nere hos henne själv. Mycket böcker. Inga stolar, bara en datorstol och ett bord med en laptop och en säng. Rummet var bortsett från bokhyllorna egendomligt kalt. Särskilt med tanke på, att Jamesson var hemma så mycket. Maretta stod vid dörrkarmen och spanade ikring. Persiennerna var nerdragna. Jameson gjorde en gest mot sängen som var prydligt bäddad och hade stora kuddar vid huvudändan.

> - Sitt, sa han vänligt.

Så tog han in en stol, en taburett, från miniköket och satte sig själv bak och fram på den. Han var vig trots sin storlek. Maretta tänkte febrilt. Vem var detta? Säkerligen nån som hade en pistol. Men inte nån som tappade en från balkongen. Knappast. Han verkade inte vara en som plötsligt tröttnade på pistoler heller. Hon såg på hans ögon. Han påminde om någon hon sett förut. Nån läkare nånstans…

- Har du möjligen en pistol? frågade hon.
- Nä, svarade Jameson förvånad och lutade sig lite bakåt. Inte på många, många år har jag haft en pistol. Inte nåt vapen.

Hans röst var mörk och aningen skrovlig.

- Du har inte tappat en pistol från balkongen då? undrade lilla Maretta, vars ansikte plötsligt såg slitet ut. Varför hade hon gått upp hit? Hon kunde väl låtit allt vara? Hon hade redan tappat intresset.
- Berätta om den där om pistolen. Jag är van vid problem!
- Ja, sa Maretta frånvarande.

Maretta, som var så stolt och ängslig över att hon lyckats slänga pistolen, och att hon dessutom lyckats bry sig om vem som kastat den innan hon gjorde det, hade alltså nu nästan förlorat alla sina extrakrafter. Hon levde ju som på lånade krafter. Autopiloter har inga extra liv. Hon såg på Jameson med en allt svagare blick.

- Berätta! sa han igen, envist och hon såg att han var enormt stor och såg enormt stark ut.

Förvånad slappande Maretta av. Det som främst gav henne styrka igen, när hon såg sig omkring i det belamrade lilla rummet, var en jättelik tavla, ett över metern stort inramat fotografi på väggen över sängen, i svartvitt, föreställande en gråvit schäfer med tungan hängande. Landskapet bakom hunden var asiatiskt med höga flikiga träd, vars kronor bredde ut sig horisontellt. I Bakgrunden risfält och sen toppiga berg. Höga blånande berg. Bredvid hunden stod en ung man med solglasögon, som väl var Katzer.

Jaha, tänkte Maretta. Det var hans hund i Vietnam.

Andra foton var av militärer, unga killar med gevär. På sängen låg en bok, som hon tydligen hade avbrutit läsningen av. Hon sneglade. *The ballad of the sad café*. Carson McCullers. Jaha. Den hade hon inte läst. Hon undrade om den var lika bra som en Stephen King. Hon memorerade omedvetet, och slickade sig om läpparna.

Maretta var i mycket en mun. En halvöppen mun.

- Är det din hund? sa hon och pekade mot väggen.

- Ja. Det är Trixie.

Han log.

KAPITEL TJUGOSEX.

Vari Undine spelar en och söker sig en annan roll.

Klockan närmade sig fem på eftermiddagen denna fredag och Undine hade tagit bussen Viktor Rydbergsgatan upp till hållplatsen på berget i Roberts stadsdel. Hon var klädd i en enkel blå jeansjacka, och hade en axelremsväska med sig. Hon såg lugn ut. Och koncentrerad. Det korta håret viftade glatt i vinden. Hon sneglade uppåt husväggen med alla balkongerna, på vilka några hade utanpåhängande blomlådor.

Hon sneglade mot de parkerade bilarna längs Abrovinschgatan. Jepp. Där stod en röd Audi, där stod en Skoda och där stod en Volvo, en Volvo och Livias gula Cittra, och hon kunde tydligt se Livias mörkröda hår genom vindrutan. Så hade de till slut bestämt. Undine tog upp sin mobil och ringde upp henne. Livia svarade från bilen:

- Hej Allt väl?

- Yess! Jag går in och knackar på.

Hon stoppade mobilen i fickan och strosade framåt trottoaren mot Roberts port. Det var en gråmulen dag. Några fiskmåsar hade förirrat sig till området. Berget låg en bra bit från hamnen. De spatserade omkring och deras ögon blängde. Undine gick fram till porten. Hon schasade undan en nästan sjukligt närgången mås. Även måsar kan givetvis bli galna.Tryckte på *O*.. På Roberts knapp. Hade inte denne hunnit hem från jobbet? Det var alltså fredag idag.

KAPITEL TJUGOSJU.

Pistolen syns nu vara på väg till Stockholm. Vad nu det kan vara värt. Och Hallontank äter lunch.

Hallontank hade förlorat sig i spekulationer på ett café på Engelbrektsgatan, efter att han lämnat över pistolen till en polisman vid namn Ampelstrååt, som nu satt sig på tåget till Stockholm, en polis som ändå skulle upp dit. Ty, tänkte Hallontank, det var detta med *Makten. Maktens problem.* Han retade sig på Mastermind. Det var denna arrogans! Maktens arrogans! Varför i hela friden nöjde sig Mastermind inte med att han nu fick pistolen? Varför var det så viktigt vad som hade hänt i huset? Ja. Det gav naturligtvis ännu en dimension till pistolen, tänkte Hallontank. Jag känner ju alls inte till historien, tänkte han. Men Mastermind kunde väl då invigt mig i den? tänkte han sen.

Allt gick givetvis att ta reda på. Allt kunde man alltid luska ut, tänkte han.

Hallontank insåg inte, att han själv ofta resonerade med intelligensens arrogans. Han visste med sig att han *kunde* göra allt. Intelligensens arrogans var ofta en arrogans riktad mot den egna intelligensen. Den var alltså en missriktad makt. Men vad borde han göra? Sådana frågor fann intelligensen ibland känslan väl så mogen att avgöra. Hur stor makt har inte känslan?

Klockan 13.45 hade han återvänt upp till Abrovinschgatan för att, på plats sittande i sin ålderdomliga bil, kunna iaktta när Robert kom hem från jobbet. Hallontank hade två hamburgare med sig och två små *Fanta*, och han parkerade bilen längst bort mot nederdelen på gatan, som var av typen återvändsgata,

svepte in sig i en tunn regnrock, för att än så länge
skyla polisuniformen, som kändes mer och mer över-
flödig. I spaningssyfte rent kontraproduktiv. Men han
hade bara de kläderna. Och kanske det var bra i alla
fall.

KAPITEL TJUGOÅTTA.

*I vilket Maretta för första gången i sitt liv känner
beundran för en annan människa.*

- Det finns bara ett sätt att leva anständigt, sa
  Katzer Jameson, i det han med sitt runda an-
  sikte och sina lite sneda, snälla ögon, vänligt
  betraktade Maretta, med ett komiskt uttryck.
- Det är att visa på ett anständigare liv.

Maretta tittade på honom, häpen. Ty hon fann att
han uttyckte sig väl, på en idiomatisk svenska, nästan
så väl, att ingen, som inte nästan var född två gånger i
landet, knappt hade kunnat uttrycka sig så, ens under
hot från socialstyrelsen. Hon föll i tankar, blev över-
raskad av just det, och talet om "anständighet", ett
sällsynt ord, tyckte hon och var nära att somna av
förskräckelse.

- Jo, sa Maretta. Hon höll dock inte med. Åsik-
  ten var konstig. Maretta var van att ha sin
  egen åsikt. Å så var det med varje poet. Man
  kan inte vara poet utan att vara helt självstän-
  dig, och vara stolt i det.

Hennes "jo" hängde stilla i luften i rummet.

- Men berätta först om pistolen! sa Katzer.

Maretta berättade, trots sin trötthet, vilken avspeglades i ögonen, alltihop. Hur hon upptäckte pistolen, liggandes i jorden i balkonglådan. Hur hon gömde den på dass. Hur hon hade somnat. Hur hon hade vaknat och närmast reflexmässigt slängt ut pistolen. Långt. Hur hon sen blivit rädd och hade rusat ut ur sin lägenhet och ut ur huset. Och om hur totalt försvunnen pistolen varit, och det efter bara två minuter.

Detta var alltså hela historien, tänkte Jameson. Det var en vacker historia. Han älskade historier. Den hade en början, en mitt och ett slut. Hela sitt liv hade den gamle desertören ägnat åt en sak, att uppskatta en god historia. Där fanns den nu. Och livs levande.

- Så du bara slängde pistolen över balkongräcket, sa Jameson. Var den laddad då?

- Är du amerikan? frågade Maretta som om det var det viktiga i sammanhanget.

- Inte helt, sa Jameson. Min mor var född i Sverige. Hon bodde i USA. Vi pratade svenska hemma. Hon längtade hem till Kungsbacka.

- Jaha, sa Maretta, vars stora ögon oftast var vidöppna. Hon hade tidigt funnit, att inget ansiktsuttryck är ett så bra försvar som ett par vidöppet stirrande ögon med ögonbrynen högt upphissade. Alltså lade hon sig till med sådana ...

- Ja. Men säg! Du trodde alltså att pistolen kom från mig? Men vad jag då kan säga, är, att det gjorde den inte, sa Jamesson. Den kom nog ovanifrån. Kanske den mannen som bor ovanpå mig?

- Jo, sa Maretta.

- Men, det är det, sa Jameson. Den som tog pistolen från gräsmattan måste nästan ha haft bil, eller i varje fall bodde han nog inte i huset, ty om det varit någon som bodde i huset, som tog den, så hade du ju mött honom eller vem det var när du rusade ut?

- Ja. Jo jag tänkte …

- Då har vi alltså kanske en, som tappar en pistol. Och så en annan som väntar på en pistol? sa Jameson.

- Men vi borde göra som du just gjorde, fortsatte han. Du! vi går och knackar på hos den som bor ovanpå. En ung kille vet du. Jag hör honom varje dag. Promenerar av och an. Spelar musik.

Maretta snörvlade till av trötthet. Alltid problem med näsan. Hon kunde lätt somna nu. Hon struntade i pistolen. Vad angick det egentligen henne? Hon hade sina vanor, behövde en tablett. Eller något i alla fall. Ack, *Herren Någonting Annat*. Hon längtade bort. Efter att länge ha sneglat på hunden som log på fotot frågade hon helt oblygt Jameson om han möjligen inte hade någon lugnande tablett. Hon tänkte att för en soldat var nog ingenting främmande. Dom hade väl gått på knark hela kriget.

Jameson satte sig på stolen framför datorn, snurrande på stolen och så betraktade han Maretta, medan han tryckte de stora händerna mot de jeansklädda låren. En gigantisk tystnad bredde ut sig i rummet. De båda hörde svagt hur någon gick fram och tillbaka ovanpå, oroligt.

- Lämna Vietnam var som att lämna ett missbruk. Vietnam var som heroin. För många.

Maretta skämdes. Hon skämdes väldigt sällan. Det var emot hennes natur. Skam var något man illa kvickt skulle skaka av sig. Hon påpekade nu, med en för henne själv främmande röst, mest distraktionsvis, att någon tycktes gå av och an ovanpå.

- Tror han heter Robert, sa hon.

Katzer nickade.

KAPITEL TJUGONIO.

Robert inväntar sin vän Sigge, och spanar ut över Abrovinschgatan, vilket leder till en upptäckt.

Klockan var över fem på eftermiddagen och Robert väntade på att Sigge skulle komma. Så att de båda kunde gå ner till Maretta. Irriterad över dröjsmålet, och över Sigges obändiga vana att alltid komma för sent, gick han runt, runt i sitt vardagsrum, blängande på skeppsbrottet som i sina olika grönbruna nyanser hängde inramat på väggen. "En snygg vy, en sorglig situation", tänkte han. "Bilden av mitt liv." skulle det kunna stå. Han gick ett varv i rummet som han brukade. Sen gick han ut på balkongen, den ödesdigra, för att se om Sigge, avig och skevande, slarvig och snabbtänkt, kom från 18-bussen. Robert hade kollat i Västtrafikappen. Nä, ingen syntes. Jo, men där kom ju för hela friden Undine, Livias väninna med en axelremsväska, rakt i riktning mot hans port! Vad i hela friden gjorde hon här? Han smet snabbt in i vardagsrummet och slog igen balkongdörren med en smäll för att söka skydd. Kikade sen genom den nedfällda vita markisen som var infälld inuti treglasfönstret.

KAPITEL TRETTIO.

Hallontank låter känslans makt råda, tröttnar på att sitta och vänta och går och ringer på porten.

Hallontank hade nu ätit sina två hamburgare och sörplat i sig den söta läsken, sneglade sen på klockan och såg att den nu var några minuter över sex. Robert måste vara hemma. Lika bra att gå upp och knacka på. Han hävde upp dörren, sig själv från sitsen och kroppen ut ur den lilla bilen, och mötte, i samma stund som han lät regnrocken glida av sig och slängde denna tillbaka in i bilen, ett par ögon från en kvinna med påfallande snygg bakdel i sin jeans. Hon stod i begrepp att ringa på portklockan på Abrovinschgatan nr. 14. Armen var redan uppe.

Kvinnan ändrade sig snabbt, troligen vid åsynen av just Hallontank själv, eller kanske hellre av uniformen, och sprang i stället bort mot en liten gul bil, en Citroën, som stod längre bort på gatan, där en annan flicka, en fräknig med mörkrött hår, satt och tycktes vänta på den första flickan. Flickan i bilen hade verkligen knallrött läppstift på munnen, tänkte Hallontank, som alltid observerade flickor noga och med animalisk glädje. När väl den flyendes springande hoppat i, så startades bilen och svängde ut på gatan och gled bort neråt stan.

Nå, tänkte Hallontank. Jag måste ju upp till Robert! Han slätade till polisuniformen, som var väldigt skrynklig. Han såg sig omkring igen och gick sen rakt fram till porten och tryckte där på knappen invid Roberts namn. Två gånger. Rappt.

KAPITEL TRETTIOETT.

Robert blir här mer och mer fundersam och mer och mer förvirrad. Han betraktar sin tavla, den gamla fina oljemålningen, som var en sån man enbart gjorde förr.

Robert hörde signalen. Han hade från sin position vid persiennen nu sett polismannen närma sig. Och Undine springa iväg. När han såg den gula bilden hoppade hjärtat till med ett jätteskutt i bröstet. Vad gjorde nu Livia här? Varför kom hon? Om hon ändå kommit tidigare! Han ämnade inte öppna. Nu var polisen ute efter hans pistol.

Fängelse var han verkligen rädd för att hamna i.

Han blev då plötsligt lugnare. Han hade ju ingen pistol. Så slog han sig – fast lite darrig - ner i en av sina mindre fåtöljer och betraktade från denna plats den stora oljemålningen - ja den var över metern bred - med skeppsbrottet. Robert hade blivit van vid tavlan, och kunde inte upphöra med olika tolkningar av skeendet.

Lugnet hade troligen också skapats av att Livias bil hade skymtat. Vad som betydde mest i livet var just att inte vara bortglömd, att finnas i andras sammanhang. Hon brydde sig om. Varför kom hon, om hon inte brydde sig om?

På den havererade barken på tavlan syntes inte minsta liv. Ändå tycktes det vara helt nyss den gått på. Den hade inte grävt ner sig i sanden. Den var ännu inte plundrad, ty där syntes inga stegar på utsidorna eller vagnar, inga spår efter vare sig folk eller hästar utanför dess båda skeppssidor. Det kunde knappt ha gått mer än sex timmar sen det blev ebb. Eller så. Robert var ingen expert. Ingen hade lämnat fartyget och ingen hade heller närmat sig det. Var inte detta märkligt? Var alltihop fantastiskt?

Än märkligare, tänkte Robert, medan ringklockan från porten ljöd ännu en gång, var att livet i den lilla

byn till vänster tycktes förflyta som vanligt. Några
människor gick på stranden, som om de flanerade,
iklädda färggranna kappor och kvinnorna hade vid-
brättade hattar på. Någon hade en liten gul halmkorg i
handen. En kvinna bar rött huckle. Människorna på
stranden var ointresserade av skeppet. Och skeppet
tycktes inte ha någon besättning. Det var mycket
konstigt. Just att folket långt där borta på stranden
tycktes obekymrade. Det var det som var allra mest
konstigt. Som om det stora skeppet var osynligt för
dem. De borde gå dit och bryta sönder det i delar. Förr
i tiden använde folk vraken. Man eldade med dem.
Byggde hus av dem.

Molntrasorna flög över himlen på tavlan. Ljuset föll
bara svagt genom ett molnsjok och genom högt dis
ner, så att inga skuggor bildades vid fartyget. Det var
en halvmulen dag vid Dover. Inga fåglar syntes. Inte
en enda. Havet var ganska upprört och grågrönt.

Skeppet var meningslöst. Hade konstnären glömt
bort, att lägga mening i skeppet? Var tavlan alls fär-
dig? Men givetvis var den det: den hade ju en lackfi-
nish över oljan. Den var klar. Den var till och med
signerad. Så hade alltså konstnären, som enligt Ro-
berts amatörmässiga bedömning, var engelsman, nu
varit något av en absurdist. Varför annars anbringa två
oförenliga skeenden i samma bild? Hade han missat
något? Varför, varför brydde sig inte folket borta på
stranden alls om skeppet? Detta övergick allt mänsk-
ligt förstånd. Alla människor i alla tider var ju intres-

serade av vrak. Inte minst alltså de vid Dover, som i
långliga tider hade LEVT på – eller alltså: av - vrak av
allehanda sort. Friden i tavlan var alltså skenbar. Nå,
inte bara det. Den var förrädisk.

Något stod helt enkelt inte rätt till på tavlan! Tavlan
var ett hån. I ljusan dager stod ett tomt skepp där på
en strand, och ingen brydde sig det minsta om det. Så
fruktansvärt! Det var ju det, som var fruktansvärt. Inte
att skeppet gått på grund, - jo det också - men mer att
folk gav fullständigt fan i det!

Jaja. Det var så det var. Folk brydde sig inte om
varandra. Se bara hur det var med honom själv! Om
han inte hade haft jobbet på flyttfirman hade han blivit
galen. Ingen brydde sig om honom. Man fick till och
med hota med pistol för att bli tagen på allvar. Men
inte ens det hjälpte. Och nu, nu söktes man av polis,
bara för att man visat upp vapnet för några sexdårar på
ett swingerparty.

Ingenting skulle hända ändå! Livia var utanför, men
ingenting skulle ändå bli bra.

Han hoppades nu tyst ändå att inte polismannen
sände efter förstärkning. Att inte insatsstyrkan skulle
storma hans lägenhet, och att han skulle bli skjuten,
kanske med elpistol. Vilket vore det allra värsta. Eller
inte.

Så gick han ut i köket för att koka sig en kopp kaffe
till. Detta med kaffet var en last. En last och en snutte-
filt och en pseudohandling.

Han tänkte att han missat något i bilden. På tavlan. Han var alltså också skeppsbruten. Den enda som brydde sig var polisen. Ingen annan. Som om han var pestsmittad.

Då ringde hans mobil, som låg på soffbordet. Den spelade sin lilla melodi, och Robert störtade fram för att på displayen kunna se vem det var som ringde.

"Livia" blinkade det på telefonen. Robert lyfte upp sin Samsung och halvviskade med uppton:

- *Hallå??*
- Hej. Det är Livia. Det är en polis på väg.
- Jag har märkt det, svarade Robert darrande och buttert.
- Det är inte vårt fel. VI har inte alls ringt polisen! Vi tänkte…
- Vem är det då?
- Ingen aning. Det är så konstigt.
- Jaha, sade Robert. Hur är det annars då?
- Jodå. Vi sitter här i backen i bilen, Undine och jag.
- Va? sa Robert.
- Ja, vi var på väg till dig. På väg att hälsa på. Om pistolen. Men så såg vi polisen.
- Jag HAR ingen pistol.
- Det har du visst, sa Livia.
- Nä. Jag har tappat den.
- Tappat den?
- Ja.
- *Shit*, sa Livia. Men öppna inte alltså!

- Nä, sa Robert. Jag sitter och mediterar.
- Öppna inte, så går väl polisen sen, sa Livia.
  Sen kan vi komma när dom har gått och höra
  var du har tappat pistolen.
- Jag vill inte säga var jag tappade den, sa Robert snabbt, enveten som vanligt, medan han
  sneglade mot skeppsbrottet på väggen.
- Nänä, sa Livia. *No hard feelings*. Men vi kan
  väl komma ändå?
- Jojo. Om jag är hemma.
- Ja. Hej då! sa Livia.

Robert la ifrån sig telefonen och satte sig med en suck i sin fåtölj. Vad betydde nu detta? Varför ville Livia komma upp till honom? Och Undine också. Ja, det var sannerligen gåtfullt, det också, tänkte han.

KAPITEL TRETTIOTVÅ.

Hallontank trycker på en annan knapp.

Hallontank valde nu att ringa på hos Maretta. Hon var ju inte inne. Men det visste inte Hallontank. Hitmannen från Alingsås hade ju gått igenom listan på hyresgästerna i uppgången och hade en bild av klientelet. Medelinkomst 23523 kr. Fattigt folk här, tänkte han. Mest understödstagare. En och annan som arbetat som undersköterska, kanske. Maretta kände han ju till från avlyssningen på sjömanscaféet. När Maretta inte svarade så beslöt han sig för att ringa på hos Jameson, en man med amerikanskt ursprung. Katzer. Jag kan lika gärna säga att jag är polis. Det är en gammal gubbe, Jameson. Troligen krigsskadad. Kanske invalid. Han vill säkert hjälpa polisen. Så ringde han på hos Jameson.

Hallontank hörde en fast röst i andra ändan.

– Ja? frågade den.

– Det är polisen, sa Hallontank hårt.

– Det är bara att komma upp. Tredje våningen.

– Jag ser det, svarade Hallontank beskt och tryckte sig mot porten, som gick upp med ett artigt klick.

KAPITEL TRETTIOTRE.

Teofil Hallontank agerarmen möter hinder.

Jameson underrättade uppe i lägenheten kort Maretta om att polisen var på väg. Han bytte t-shirt, från en blå till en svart. Hans bringa var enorm.

- Jag går ner till mitt, sa Maretta. Hon började svettas.

- Inte! sa Katzer lugnt. Du stannar. Du är inte min granne. Du heter nu Berit och är min väninna på besök från Borås. Du vill väl inte möta polisen i trappan? Du har ju slängt en pistol på gräsmattan.

- Okey, sa Maretta, som, med ett drag av slughet, ryckte åt sig en filt och sträckte ut sig på Katzers säng, sträckande armen som om det var helt naturligt och som om det regnade efter Penguin-versionen av McCullers *The ballad of the sad café.*

Så gick Jameson till dörren och släppte in Hallontank, i uniformen. Den var praktisk, idisslade Hallontank belåtet för sig själv, då den ju öppnade dörrar väldigt, väldigt bekvämt. Ingen vanlig människa begärde en polislegitimation. Nej, knappt nån gjorde det. Någon sådan hade han ju inte. Hallontank var ju en gangster.

 - Sitt här, sa Jameson, i det att han pekade på datorstolen.

Hallontank satte sig ner och medan han tycktes hemmastadd, svängande stolen fram och tillbaka, som för att testa skruvgängorna i konstruktionen, nickade han vänligt mot sängen, där Maretta nu låg och förstrött bläddrade i sin roman, med en rutig pläd över magen.

 - Detta e Berit, en arbetskamrat, sa Katzer medan han trollade fram en liten grön fällstol med kamoflageväv på sitsen från ett hörn i rummet.

 - Jo, det gäller er granne. Maretta Larsson.

Maretta ryckte till, men rättade sen med vänster hand till ett par imaginära glasögon på näsan, medan Jameson var lugnet självt och frågade, medan han intresserat beskådade den gänglige polisen uppifrån och ner:

 - Hur då?

- Jo. Polisen är underrättad om, att denna frö-
  ken Larsson har en pistol.

- Åh! sa Jameson och plirade med sina små
  svarta ögon. Ingen rolig sak, pistoler. Jag för-
  står bara inte hur man plötsligt kan få veta
  något sådant. Men jag vet förstås inget om
  …denna granne.

- Nä, just det. Men hon är nu tyvärr inte
  hemma. Finns det någon vicevärd här?

- Det är klart. Det finns i alla hus. Men ni måste
  ha en husrannsakningsorder?

- Jepp! medgav Hallontank och betraktade hun-
  den på väggen.

Han begrep att hunden var Jamesons, och att det var
Jameson, som med ett blygt och stolt leende stod
bredvid hunden på bilden, hållande ett automatgevär i
den andra. Det var inget konstfoto. Det var suddigt på
ett lite taffligt men fräckt sätt.

- Ja, sa Jameson. Är det någon särskild pistol?
  frågade han.

- Särskild? frågade Hallontank tillbaka.

- Ja. Hur har ni hört om pistolen då?

- Sekretess. Undersökningstekniska skäl.

Alla tre förhöll sig nu tysta. Hallontank strök över
tangenterna på Katzers laptop med pekfingret och
suckade:

Ja, att allt spaningsarbete man har skall vara
så himla tråkigt!

Han suckade ljudligt och det knakade i datorstolen. Katzer sneglade på kvinnan i sängen, som ju liknade den han sett på balkongen. Maretta var nu andlöst försjunken i sin roman.

- Okey! sa Hallontank. Då var det väl inte mer så länge. Men ni vet alltså inte något om pistolen eller om fröken Larsson? Om hon har några konstiga vänner eller så?

- Jag har aldrig sett fröken Larsson, ljög Jameson friskt och obönhörligt.

Hallontank tackade för sig, ledsagades ut i trappan av Jameson och försvann nerför trappan. Jameson och Maretta utbytte en blick när Hallontanks steg inte längre hördes.

- En sån polis! skrattade Jameson.

- Va? sa Maretta.

- Jo. En privatdetektiv känner alltid igen en annan privatdetektiv. Ingen polis går omkring i en så skrynklig och skitig uniform. Dom tvättas flera gånger i veckan. Hanses var inte tvättad på månader. Nu ska vi se…

Katzer rekognoserade med sin högerhand under datorbordet, där Hallontank suttit och åmat sig i sin rollfigur.

- Här har vi den. Buggen. Han visade upp en liten rund manick, en knapp av krom, kanske två centimeter i diameter och en centimeter tjock.

- En sändare, förklarade han kort. Sen smet
  Katzer snabbt ut i trappuppgången, gick en
  trappa upp och plockade ner en bugg från
  Roberts dörr, två trappor ner och plockade en
  annan från Marettas för att sedan återvända
  till Maretta som satt på Jamesons säng och
  imponerad gungande funderade.
- Här har vi en man som är nyfiken, sa Katzer
  Vad jag undrar är om det är *samme man* som
  verkligen fick tag i pistolen. Och vad han i så
  fall gör med att ändå fråga. Fråga efter den.
- Men kände han inte igen mig då? frågade Ma-
  retta.
- Tydligen inte. Eller kanske. Men om han nu
  inte är polis, så vågade han inte att pressa oss.
- Vad gör vi med mikrofonerna? undrade Mar-
  etta.
- Jag tar isär dom och förstör dom, elementen i
  dom, så att allt dom skickar är rasp.
- Kan du sånt?
- Jag har varit tekniker hela mitt liv.

Maretta tänkte på tabletter. Livet gick alltid vidare.
Kroppens kemi kunde störas av vissa händelser, men i
grunden var ju allt detsamma. Denna tanke borrade i
hennes huvud. Människor förändras sällan i grunden,
men människor kommer ofta i nya läger.

KAPITEL TRETTIOFYRA.

Det ringde på portklockan hos Robert. Robert öppnade inte. Efter en stund hörde han en bekant knackning, lik en morsesignal, på ytterdörren. Det måste
vara Sigge! Robert öppnade och släppte in Sigge, som
flämtade efter att sprungit en bit för att gottgöra sen
ankomst. Han ursäktade sin sena ankomst precis som
han alltid brukade göra med att sluddra något på
franska som lät som:"Excuséz mois d´etre venu en
retard!" (Alltid detta krångel!) De slog sig ner i vardagsrummet, efter Sigge slängt av sig sin korta grå
vindjacka i hallen, och med gästen sittandes rakt under skeppsbrottet.

- Hur är det? frågade han.
- Det är poliser i huset. Dom vill in. Mötte du
  ingen?
- Nä. Jaha. Då kanske det inte är läge att starta
  nån investigation angående fröken Larsson?
  sa Sigge.
- Livia och Undine ville komma upp. Jag
  kanske har fått Livia på andra tankar ändå, sa
  Robert, som nu tyckte att detta med pistolen
  väl kunde komma i skuggan av samtalet med
  Livia. Även om det förstås var allvarligt att
  ha släppt en pistol i en blomlåda. Robert ville
  också skona Sigge lite.
- Vi måste ha tag i pistolen, sa Sigge. Det är
  prio ett.

- Jaja, sa Robert dystert medan han betraktade
  skeppsbrottet.

KAPITEL TRETTIOFEM.

Katzer mixtrar, tänker och planerar för det vilda.

Så satt nu Katzer med mikrofonerna. Jobbet gick
snabbt med en enda liten instrumentskruvmejsel. Ma-
retta fördjupade sig i romanen, som handlade om en
galen kvinna, liggandes bekvämt på den stora sängen.
Hon snörvlade lite och kikade med sina blå ögon då
och då åt Katzer till. Läslampan spred sitt varma sken
över hennes breda panna. Allt som hördes var skruv-
mejseln, samt när Maretta snörvlade för varje bland
hon vände. När Katzer hade oskadliggjort mickarna
satte han en av dem tillbaka under skrivbordet, samt
gick sen ut i trappan och placerade de andra där han
funnit dem.

- Jo, sade han till Maretta, med ett dolskt ut-
  tryck i ögonen, när han var tillbaka. Lyssna
  här! Vad tror du om mitt förslag?
- Ja. Maretta lade ifrån sig romanen, som nu
  nästan var halvläst, och la båda händerna
  bakom huvudet, som om hon bodde hos Kat-
  zer. Hon var nog slug som en hyena och den
  saken var klar, tänkte Katzer, hon läste böck-
  er med en nästan övermänsklig snabbhet.
  Man blev ofta överraskad av människor. Det

var deras dolda resurser som överraskade.
Allt som egentligen fanns där.

- Jo. Jag tänkte. Jag skriver ett litet papper till
  Robert nu, förklarar allt om pistolen. Du
  slängde den. Någon tog den. Polisen kom.
  Och att vi vill prata med Robert, du och jag,
  för att få reda på vad det är som pågår. Jag
  skriver att han, Robert, är skyldig dig att be-
  rätta, eftersom han släppte pistolen på din
  balkong. Att det är Roberts pistol vet vi näst-
  an eftersom nu polismannen satte en mick på
  Roberts dörr, och inte på dörren ovanför Ro-
  bert, hos Posterwall. Jag skriver det nu, och
  jag stoppar det i hans brevlåda. Han är
  hemma. Det hör vi ju. Jag ringer på, går ner
  igen och han får gå ner och hämta oss två
  sen. Låter det bra?
- Mm, sa Maretta. Katzer visste bäst.

Medan nu Katzer satte sig att skriva en lapp till Ro-
bert, så tog sig Maretta hungrigt an fortsättningen på
den klassiska romanen. Hon visste inte att Truman
Capote hade gjort detsamma många år tidigare, samt
stulit hela stilkonceptet. Hon gillade Truman Capote.

Katzer skrev färdigt sin lapp och gick och la den i
Roberts brevlåda och återkom sedan ner till sin egen
lya.

Nu är det bara att vänta, tänkte han. Så där högst tio
minuter, tillade han i sin förhoppningsfulla tanke. Han
rotade lite i lägenheten. I en för henne ovanlig artighet

la Maretta åt sidan boken och satte sig lite yrt upp i sängen. Hon satte ner fötterna på sängmattan och reste sig sen och gick och ställde sig i fönstret. Det var snart beckmörkt ute, tänkte hon, där hon stod och såg på hur de svängande gatlyktorna sände sitt sken i svängar och slängar upp mot de bleka husfasaderna i "ky-parkvarteren".

- Har du nånsin haft hund? frågade Katzer Maretta medan han slog på Tv:n. Där syntes president Trump i Washington läxa upp en journalist från CNN. Katzer log snett.
- Jodå. Två stycken. Efter varandra. Buick och Sirius. Men det är längesen.
- Jag tänkte väl det, sa han varmt.
-

KAPITEL TRETTIOSEX.

De två vackra väninnorna kommer slutligen på besök hos Robert. De underrättas om läget.

Vårkvällen hade närapå inträffat och man kunde här och där i naturen se, att det nu inte var långt till lövsprickningen. Knopparna stötte i lila överallt. Luften var skör, mångfärgad och förväntansfull. Ljuden nådde denna kväll långt i staden i väster. Några fåglar letade ivrigt efter kvistar medan skymningen med sin oerhörda skönhet satte sin prägel på allas tankar, både de vakna och de sovande.

Livia Ehnhörning och Undine Cotta hade hoppat in i Livias lilla bil och begav sig – ganska uppklädda, det var ju ändå vårkväll! - till Robert.

Efter att parkerat bilen tog de en promenad runt huset först, för att se efter om det var några poliser där. Ingen syntes i alla fall. Och inga märkliga män satt i bilar och spanade. Inte nånstans. Sedan ringde de slutligen på hos Robert.

De skuttade efter klartecken snabbt de tre trapporna upp till Roberts, där dörren stod på vid gavel. Robert stod innanför med ett A4-papper i handen och meddelsamt rynkad panna. Flickorna inträdde och välkomnades översvallande artigt av Sigge, som de kände flyktigt. Sigge var en känd miljöaktivist, så honom kände egentligen alla, och Sigge kände igen både Livia och Undine. Staden var när allt kom till kritan ganska liten. En miljon eller så.

Livia och Undine satte sig i soffa respektive fåtölj medan Robert genast redogjorde för vad som hänt, alltihop samt det nya läget för de häpna kvinnorna, refererande även brevet från Katzer. När alla var införstådda med att pistolen var borta, samt att Katzer – en i huset boende detektiv av något privat slag – och grannen Larsson, hon som slängt vapnet, ändå ville tala med Robert, blev det ett väldigt hallå. Alla fyra pratade i mun på varann.

- Men varför då?
- Hur i alla glödheta?
- Detta är ju löjligt!

Sigge såg otroligt tankfull ut, men tycktes ändå optimistisk.

KAPITEL TRETTIOSJU.

I vilket Mastermind efter alla dessa år nu återser en del av det han saknat.

Även Stockholm väntade denna kväll på bättre tider. *Mastermind* lyssnade till dörrklockans lilla pling. Det var längesen han hade känt sig så upplivad som i afton. Han hade fått ett sms från Ampelstrååt, en gammal vän inon polisen, och så var denne på väg med ett paket till honom. I sanning, ett kärt återseende. Ty nu inväntades alltså äntligen pistolen nummer två, Tvåan, som han en gång med så mycket möda och spänning hade tillverkat tillsammans med de övriga tre, för låssystemet. Han njöt en liten *Bellman* cigarill medan han gick till dörren med snabba steg, sjungandes något obestämt omelodiskt. Med en gest visade han in Ampelstrååt, som raskt inträdde och överlämnade paketet.

Mastermind bad mannen, som han egentligen inte kände särskilt väl, at sitta, medan han hämtade lite kontanter. Mastermind var i vissa fall angelägen om att ha kontanter. Han ville inte bli digitalt spårad, särskilt inte i känsliga affärer som dessa. Så kom han nu med tio femhundralappar till polismannen, som hade en oklanderlig polisuniform på sig, troligen tvättad och strykt dagen innan. (Och varför skulle han inte ha det?)

- Hjärtligt tack för snabb leverans. Jag älskar snabbhet!

Ampelstråat fann ingen anledning att orda om saken. Han tog pengarna, bugade och frågade om det var någonting han kunde stå till tjänst med i övrigt. Allt beaktas, som han sa. Mastermind bad att få återkomma. Varpå polismannen med raska steg avlägsnade sig och själv försiktigt smällde dörren i lås efter sig. Den gamla Östermalmsgangstern öppnade därefter med aningen darrande händer paketet. Och där låg den. Lite blöt och väldigt smutsig. Den luktade gammalt och ärg. Men visst var det rätt pistol! M. letade snabbt i ett barskåp reda på en flaska whisky och fyllde ett på förhand uppställt portvinsglas till bredden. Sen tog han en djup klunk och sa, under det han sträckte ut armen rakt i luften, vemodigt:

- Kära Råtta! Detta skulle du varit med om!

Mastermind betraktade här ett foto på väggen som föreställde Råttan. Råttan log. Han smekte sen pistolen och började sen kontrollera dess magneter med ett hemmagjort mätinstrument som var kopplat till elnätet via en liten transformator från början avsedd för Märklintåg.

- *Voila!* sade han och lyfte sedan upp sin mobiltelefon och slog numret till en bank i Chicago.

En telefonsvarare bad honom att tala in ett meddelande. Man skulle nämligen återkomma i morgon sa man på bred chicagoanska. Mastermind talade in de sex orden.

- *Slingerland, I have got the gun.*

Mastermind anade inte, att hans beslut om att efterforska pistolen Tvås öde skulle komma att ge honom stora bekymmer.

KAPITEL TRETTIOÅTTA.

I vilket något mycket förvånande sker i närvaron av de sex, som i och med händelsen blir ett slags sammansvurna.

Robert talade, och Livias ögon lyste när Robert talade:

- Nu går jag ner och hämtar denne Katzer och fröken Larsson, så får vi se vad som händer. Pistolen tycks i alla fall vara borta, men inte glömd, av vissa. Alltså.

Robert gick ner en våning och ringde på. Så kom sen Katzer och den nu halvt medvetslösa Maretta upp till Roberts, där Livia och Undine rotade i köket för att söka rätt på kaffe åt allihop.

Extrastolar hämtades från köket och i rummet satte sig nu Katzer, Maretta, Livia, Undine och Robert och Sigge i ring, för att diskutera det märkliga, att en polis sökte efter en pistols vandring på Abrovinschgatan.

Livia satt i soffan. Hon bar en mörkgrön skinande sidentopp och hade en rödsvart kjol i siden. De små kläderna var så trånga, att hon måste sätta sig mycket försiktigt för att inte spräcka sönder dem. Hennes runda armar och ben var solbrända ännu från en resa till Cypern i februari. Hon drog i kläderna med nyporna för att underlätta. Hennes ansikte med fräknarna glödde. Hela hennes gestalt formligen sjöd av lusta och sexualitet. Svetten pärlade i ansiktet, och just med ett förföriskt leende som vandrade runt samtliga de andra försökte hon ursäkta sitt exalterade tillstånd. Alla andra var visserligen spända, men ingen svettades som Livia. Robert sneglade då och då åt hennes håll utan att veta hur han skulle se ut.

Katzer, som såsom mötets egentlige initiativtagare, framstod som den lilla gruppens självklare ledare och tog till orda:

- Jag heter Katzer Jameson. Eftersom jag är privatdetektiv till yrket, och gammal marinsoldat, och så, så kan jag väl föra ordet?

- Absolut, sa allihop i kör. Utom Maretta, som mest satt och tittade sig omkring. Ibland var hon, liksom just denna kväll, inte riktigt med.

- Vad vi vill ta reda på är just vad det är frågan om för pistol. Var fick du pistolen ifrån, Robert?

- Jag ärvde den av min far, Carl, som hade fått den av min farfar, Olof, en sjökapten.

- Och vad berättades om pistolen då?

- Ingenting. Tror aldrig den någonsin avlossa-
  des. Eventuellt gick den inte ens att skjuta
  med. sa Robert, lite irriterat.

Detta hade aldrig förr fallit honom in. Att den inte
gick att skjuta med. Han visste att det fanns patroner i
magasinet, men just det innebar ju inte alls med nöd-
vändighet att pistolen var funktionsduglig. Nej, sådana
saker måste man nog ha ytterligare inspektioner och
tester för att avgöra. Han sneglade på Livia och blev
alldeles tjock i halsen. Det var mycket idag.

Ja, och att den varit med om att flytta en del av guld-
reserven till Storbritannien våren 1944, i slutet av
andra världskriget. Inte mer.

Robert berättade vad han visste om hela denna affär.

- Jaha. Och guldet nådde alltså Storbritannien.

- Ja. Såvitt jag förstod. Annars hade det blivit
  ett djävla liv. Eller hur?

- Det är jag som frågar. menade Katzer krasst
  och strök sig över hakan. Och, tillade han, jag
  föreslår, att vi tar reda på allt om pistolen.
  Annars kanske vi råkar ut för nåt konstigt.
  Jag hittade en massa avlyssningsutrustning
  som polisen, som var hos mig, placerat ut i
  huset. Kan du först, Robert, säga vad du ärvt
  av din far och farfar. Allt du nånsin ärvt av
  dom.

- Pistolen, sa Robert. Det är allt.

- Jaha, sa Katzer.

- Det vill säga, sa Sigge. Den där tavlan – här pekade Sigge på det stora skeppsbrottet - är väl din farfars också?

- Jo, den gick först till min far, som gav bort den meddetsamma – han var ju konstnär själv, i smått – till sin bror, Kurt, som jag ärvde den från. För Kurt och hans Inga hade *no kids.*

- Jaha. Pistol och tavla. Och mer? frågade Katz.

- Inget. Inga pengar. Inga hus. Inga möbler. Inga böcker. Ingenting.

- Så den där tavlan ville din farfar, att hans son skulle ha. Varför? Varför sålde han den inte?

- Ingen aning. Den är dessutom lite felaktig, sa Robert.

- Felaktig? utbrast Undine, med en grimas i pannpartiet jämte båda ögonen. Hur då?

- Ja-a, sa Robert stötvis. Skeppet står hårt på, och sen minst åtta timmar. Men skeppet är tomt och inte plundrat. Som om ingen sett att det gått på grund. Och som om ingen besättning ens var med.

- Och dessutom, förklarade Sigge med plötslig insikt, så hänger seglen i revor från rårna. Och det vet ju alla, att det finaste tyget i världen har använts genom alla tider just till segel. Och dem låter man inte hänga kvar orörda på ett skepp som strandat så där! Och se på folk på stranden, långt ifrån skeppet. Dom formligen strosar omkring...

- Jaha, sa Katzer. Ja. Men det är ju svårt ...
- Det kanske var pest ombord! avbröt Maretta, som tagit sig igenom nästa halva världslitteraturen, och inte minst läst ett antal klassiska sjöromaner.
- Då skulle det hissats gul pestflagg! sa Undine, som ju var mer gediget skolbildad och kom ifrån överklassen och därför var kunnig i allt som hotade denna klass, såsom till exempel underklassens pest.
- Pestflaggan kanske har trillat ner, sa Robert, varpå alla började skratta. Man skruvade på sig och det tycktes som om somliga tyckte att det var helt onödigt att fortsätta samtalet.
- Den e skickligt målad, sa Maretta allvarligt och glodde på den med intresse.

Sällskapet ägnade sig nu också åt kaffet, sneglade på varann och på tavlan, samt på Katzer, vars hjärna arbetade. Flera ställde sig lite upp, halvt gymnastiserande, och såg närmare på den åbäkiga tavlan, som nu såg mer och mer restaurerad ut, och mer och mer tafflig, ju mer ifrågasatt den blivit beträffande sitt faktainnehåll.

- Robert! Berätta om din farfar! sa han.

Alla såg på Robert, uppmuntrande.

- Ja, han var ju begåvad, och snäll. Kanske fyrkantig. Rättspatos. Han stal nog aldrig en kola ens. Han var utomordentligt hederlig. Han gjorde alltid sitt jobb. Han blev aldrig rik. Var på sjön i två världskrig. Hade fått Emerymedaljen och var med i Kap Horn-sällskapet. Emerymedaljen ges till dem som i svåra tider riskerat sitt liv för andra. Ja, det är allt. Han blev gammal. Talade sällan om sjön. Han var född på landet. Han upprepade alltid att han hade en väldig respekt för havet. Det lät konstigt, sa pappa, som aldrig kom över just det. Vem som helst kunde ha yttrat sig om att ha respekt för havet, utom just en sjöman, menade pappa. Sen tog han sig en whisky. Pappa tyckte det var något likt en underdrift. Eller en platthet. För övrigt berättade aldrig farfar något intressant. Pappa sa alltid att det inte var någon idé att resa jorden runt. Många människor som gjorde det fick inget ut av det. Man kunde lika gärna vara hemma.

- Ojdå, sa Livia med glänsande blick. Båda är ju som du.

- Vem? sa Robert.

- Din far och farfar.

- Jag e inte född på landet. Jag kan ju knappast vara som båda…

Alla skrattade igen, utom Katzer och Maretta.

- Jaha. Och var fick han tavlan ifrån?

- Jag tror han liksom beställde den.

- Beställde? sa Sigge. Den e väl inget porträtt! Den e ju mycket äldre än han. Den e ju från 1800-talet.

- Jaja. Jag menar: han ville ha en tavla med ett skepp på. Men inte en som föreställde ett skepp mitt på havet. Då fick nån tavelhandlare korn på denna. Och den ville farfar ha. För den gjorde honom glad.

  Livia såg stadigt på Robert med stora, beundrande ögon.

- Skepp i hamn, sa Undine.

- Då är det ingen pest ombord, sa Sigge.

- Ja, inte vet jag. Detta är minnesfragment, det jag berättar.

Katzer gick fram till soffan, lutade sig in över den och tog tag i tavelkanten. Han petade på den gamla ramen. Tryckte här och där. Det hördes plötsligt ett klickande ljud. Som när en boett öppnas. Då lossnade även en bit av kanten rakt ner i Katzers hand och ut föll två gulnade papper ur luckan i ramen. De singlade ner, flög ut över golvet och landade där med ett svagt prasslande, kanske suckande ljud.

- Det är inte tavlan allt handlat om! skrek Undine. *Det är ramen*! Vad dumma vi har varit. Målningen hänvisade! På ett metaplan!

Sigge och Maretta såg hastigt på henne, konsternerade. Katzer plockade då försiktigt och under de andras vilda jubel upp pappren, på vilka det fanns en maskinskriven text. Efter att ha skummat texten, under

det han sakta skakade på huvudet, ställde sig Viet-
namnveteranen, som nu ju var lätt grånad, och läste
högt från papperen, och texten löd då som följer:

KAPITEL TRETTIONIO.

*Vari vi får läsa ett gammalt brev, som tycks ned-
hamrat med möda av en ovan författare på en gammal
Underwood, Halda eller liknande...*

"Käre läsare!

*Du som har fått tag på dessa papper, ur en tavel-
ram, kan nu, tack vare din företagsamhet, få reda på
en hemlighet, som jag – på grund av flera skäl – inte
kunde avslöja medan jag levde.*

*Jag var en gång med om en resa, där jag skulle
smuggla guld från Sverige till England, för att rädda
guldet från en stöld under en trolig invasion från Na-
zityskland. Snart förstod jag, att allt var planerat som
en intern stöld, av några svenska gangstrar. Guldet
skulle kapas på vägen, försäljas och värdet av guldet
tillfalla de som planerat stölden, samt de som smugg-
lade ut det.*

*När mitt fartyg, där jag förde befäl som kapten,
kom till Hull, efter seglats från Göteborg, så erbjöds*

jag av en liten grupp engelska rövare, som ingick i planen, vara med och dela. Jag hade i själva verket redan fått vara med, då den revolver jag hade fått också var en nyckel, med vars hjälp man dels kunde förflytta guldet, dels så småningom plocka ut det ifrån lådorna som de var emballerade i och från ett bankvalv där lådorna hölls.

Då jag, eftersom jag från födseln är bottenlöst hederlig, alltså vägrade, så blev det så, att man sedan försökte stjäla pistolen från mig. Detta misslyckades. Jag gömde den än här och än där, men lät den sen ofta ligga helt öppet i en byrålåda för mina barn att leka med. Mina fiender, kända män i staten, gav upp, eftersom man var rädd att jag skulle skvallra. Om jag sagt att guldet var stulet, så hade Sverige råkat i kris. Planerarna visste att de måste mörda mig, om de ville ha guldet. Så långt var de inte beredda att gå. Eller har inte gått. Hittills.

De två män som organiserade stölden var med största säkerhet dessa två:

En viss **xxxxx xxxxxxxxx xxxxxxxxx**, *kallad Mastermind, som jag träffat, samt förmodligen en viss* **xxx xxxxx xxxxxxxxxxxxx**, *även kallad Råttan.*

Xxxx xxxx xxxxxx , kallad OSO. Augusti 1977.

Så satt hela den lilla församlingen som i chock. Alla såg gravallvarliga ut.

- Vilken vacker historia! sa Livia.

- Fantastisk, sa sen både Undine och Livia.

- Ha! sa Sigge, alldeles för högt, nästan så det ekade samt formade handen till en vinkel, ganska oskönt.

Katzer äskade nu tystnad genom att höja ena armen och sa sen.

- Det är ett stort brott. Det är säkert! Vem vet hur mycket guldet är värt? Det vet vi inte. Vi vet inte hur stort det är. För det är ju fortfarande gömt. Varför skulle man vilja ha pistolen annars?

Katzer var skakad. I vanliga fall hade han en mycket sober syn på vad brott var. Brott var sådant som omedelbart berörde människor. Men han hade ryckts med.

- Skall vi vända oss till Polisen, alltså Kriminalen, eller gå till pressen? frågade Sigge.

- Var e pistolen nu, tror ni? frågade Livia.

Hennes ögon sökte Roberts, men Robert höll då på att blinka bort ett yrselanfall. De sista dagarna hade varit ansträngande. Han hade nog behövt ett glas vatten.

154

- Hos rånarna, eller deras arvingar. Om ni frå-
  gar mig, sa Katzer.

- Jaha, sa Robert och andades tungt.

- Vi går till Polisen, sa Sigge, som nu var be-
  stämd.

- Står det nåt mer i pappren? frågade Undine.

- Nä. Här finns bara en skiss av fartyget. Samt
  en liten bild av pistolen.

- Detta trodde jag aldrig, sa Robert enfaldigt.

Men det är guldets makt, att göra människor antirg-
en till snillen, galna eller till enfaldiga. Sådan är gul-
dets och kärlekens makt. Livia betraktade Robert.
Robert såg på Livia. Maretta begrep inte riktigt vad
som nu utspelade sig men såg ner på sina bleka händer
med de flisiga naglarna. Hon kände sig gammal. Livia
slet i sin blus.

Alla log och skrattade en lång stund. Även Katzer
och Maretta.

”Vad allting handlar om”, tänkte Undine, som
uppmärksamt, likt en psykologisk skribent, såg sig
omkring i sällskapet, där nu alla rusigt stirrade omk-
ring sig med sina kaffekoppar lyfta mot varandra,
”det är hjärtats bildning.”

KAPITEL FYRTIO.

*I vilket åtgärder vidtas av våra hjältar, som nu
känner sig både duktiga och fr: och lyckliga.*

Nästföljande dag, vilket kan ha varit en lördag, alltså blott några dagar efter det Robert hade tappat den egendomliga pistolen ner i Marettas blomlåda, gick hela det sexhövdade sällskapet till polishuset. En kommissarie beslöt att kontakta SÄPO.

Mastermind åkte omedelbart fast. Han grät. Rättegång uteblev dock. Han gick fri. Sådan är politikens värld ibland. Guldet hittades i Chicago. Ingen hade sprängt lådorna. Det forslades till Sverige och den lilla gruppen på Abrovinschgatan fick, efter något års hemlig beredning i Finansdepartementet, - ty sådant sker i Rikets huvudstad, elva miljoner kronor i hittelön. Men allt sköttes med sekretess och i största tysthet. Ingen bra reklam för Sverige, sådana där historier. Så betalade man i mångt och mycket för att sextetten helt enkelt skulle hålla tyst.

Maretta gav ut sina dikter, *Den enda hunden*, på eget förlag, i ett vackert klotband med en bild på en grön hund gjord med vattenfärg av Mia Regelhielm på, samt reste utomlands med Mia, som nu tog en paus i arbetet, och Maretta köpte i Tyskland, på en billig bussresa, det första hon gjorde, *Librium*.

Katzer åkte tillbaka till Vietnam och bosatte sig i en bungalow i bergstrakterna nära Laos. Robert och Livia förlovade sig och flyttade ihop i en lägenhet i Billdal. Sigge gav bort sina pengar till Svenska Freds. Undine lade sina pengar i ett bankfack. Undine hade ju redan bra med pengar.

Innan Katzer gav sig av till Vietnam tog han loss den lilla bordsbuggen från undersidan på datorbordet, satte omsorgsfullt och vant dit en fungerande mick och sände ett meddelande till Hallontank, lydande:

"Tack skall du ha, vem du än är! Vad du än visste. Du blev kanske utan pengar. Men så vitt jag kan förstå har du roligt ändå.

Hjärtliga hälsningar från
212th Military Police Sentry Dog Company,

genom

Captain R. Katzer Jameson. "

KAPITEL FYRTIOETT.

Efterspel.

Hallontank log när han fick höra från Katzer och gick ut en liten sväng på gräsmattan. Nu var till och med sommaren över. Över Mjörns kalla vatten ilade några sjöfåglar skrämt. Teofil sträckte på sig ordentligt, skakade på sitt onda ben, och såg en gång till på appen, där meddelandet dykt upp. Sen gick han långsamt in i sitt lilla hus igen och funderade över hur framtiden skulle bli.

158